茱莉亚和鲨鱼

［英］基兰·米尔伍德·哈格雷夫／著

［英］汤姆·德·弗雷斯顿／绘　闫 函／译

GUANGXI NORMAL UNIVERSITY PRESS

广西师范大学出版社

·桂林·

茱莉亚和鲨鱼
Zhuliya He Shayu

出版统筹：伍丽云
质量总监：孙才真
责任编辑：郭　静
责任美编：唐明月
责任技编：马萁键

著作权合同登记号桂图登字：20-2024-048 号

图书在版编目（CIP）数据

茱莉亚和鲨鱼 /（英）基兰·米尔伍德·哈格雷夫著；（英）汤姆·德·弗雷斯顿绘；闫函译. -- 桂林：广西师范大学出版社，2025. 1（2025. 2 重印）. --（魔法象）.
ISBN 978-7-5598-7401-6

Ⅰ. I561.84

中国国家版本馆 CIP 数据核字第 2024MX1513 号

广西师范大学出版社出版发行
（广西桂林市五里店路 9 号　邮政编码：541004
网址：http://www.bbtpress.com）
出版人：黄轩庄
全国新华书店经销
唐山富达印务有限公司印刷
（唐山市芦台经济开发区农业总公司三社区　邮政编码：301501）
开本：880 mm × 1 240 mm　1/32
印张：7.875　　字数：120 千
2025 年 1 月第 1 版　　2025 年 2 月第 2 次印刷
定价：32. 80 元

献给罗斯玛丽和拉文德，
是你们让一切得以实现。

01

海洋比天空藏有更多秘密。妈妈告诉我，当海平如镜，繁星点缀水面，一些天空的秘密会掉入大海，为它增添神秘。我们住在灯塔里的时候，我把捕蟹网伸到观望台的栏杆外，想捉住一些掉落的秘密，但是从未成功。

一些夜晚，暴风雨将一切掀翻，卷起海水撞向夜空，海浪的飞沫直抵灯塔的光束，穿过高窗的栅栏洒在爸爸办公室的地板上。第二天早晨，我会留意水洼的声响，但从未听到过什么。没有消息从云端掉落。也许，也许那些秘密溺亡在了黑夜里，就像鱼会在空气中窒息。

我叫茱莉亚，这是一个发生在夏天的故事。那个夏天，我失去了妈妈，却找到了一只比树还长寿的鲨鱼。不过别担心，这不会毁掉故事的结局。

我的名字取自我素未谋面的外婆的名字，也取自我爸爸喜欢的一款计算机程序的名字。我10岁又203天了。这是我让爸爸帮我算的，因为我对数字不感兴趣，我喜欢文字。你能用文字表示数字，却不能用数字表示文字，这说明，文字更强大，不是吗？

爸爸不认同这种观点。他的工作是和数字打交道。也正因为如此，我们才会去设得兰群岛的那座灯塔。他为灯塔编写程序，让它可以自行运作。以前，那里住着守塔人，他会每晚点燃塔上的燃气灯，而不是一个一千瓦的钨丝灯泡。汽灯中，火花闪耀，灿若星辰。

设得兰群岛距离挪威比距离英格兰近，甚至比距离爱丁堡都要近。想要在地图上找到那里，你可以先找到我家——康沃尔郡海尔镇，然后手指向右斜着向上，向上，

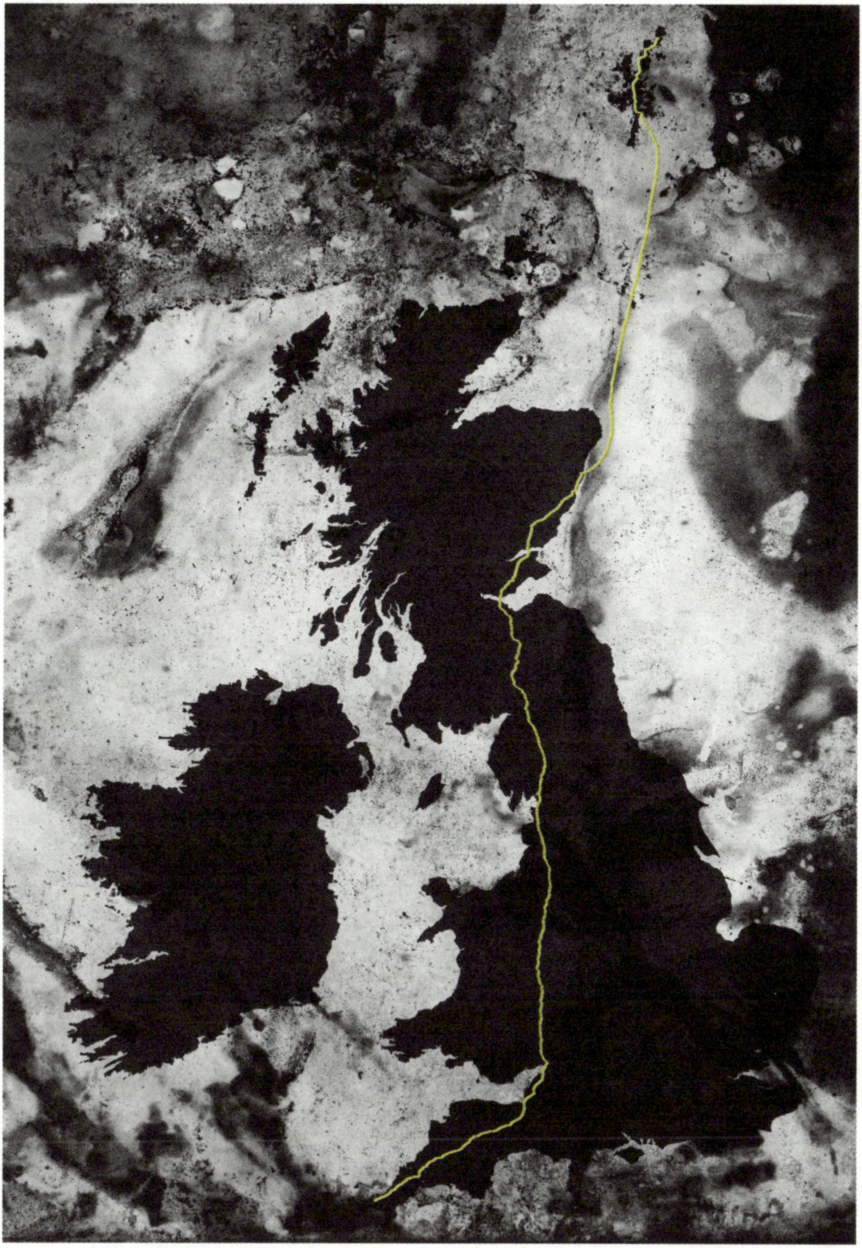

直到你看见像墨水一样泼洒在地图上星星点点的岛屿，那是奥克尼群岛。沿着这个方向继续向前，你会看到另一片散落的岛屿——那里就是设得兰。它是一个群岛，这意味着，它由一组岛屿组成，我们去的那个叫作安斯特岛。

苏格兰，设得兰群岛，安斯特岛。

我喜欢那里的人说这个地名时的发音，好像里面有一大堆字母，苏—格—喔—特—洛—兰。关于文字的另一个特质是：文字有空间。它们从不同的嘴巴里说出来，会有所变化。有时候，它们在我的嘴巴里变得很不一样，甚至完全成了别的词。但爸爸说，这些叫谎言。

数字可没有空间容纳这么多变化。甚至我爸爸工作时使用的“数字的语言”——二进制代码，也是如此。如果你在《牛津英语词典》中查“二进制”（binary）这个词，它的解释是：

> 【形容词】与两件事有关、由两件事组成，或涉及两件事。

两件事。对和错；真和假。这之间能有什么空间？

妈妈的工作也要用到数字，不过，文字才是她的最爱，她是科学家。成为科学家意味着你得两者都喜欢。数字帮助你记录数据，但是只有文字能帮你解释它们。

在康沃尔，她研究一种特别的藻类，这种藻类可以清除水中的有害化学物质，也许有一天还能用来分解一部分塑料。你可能看过那个鼻子里插进塑料吸管的海龟的图片。我看过一次，直到现在那个画面还清晰地印在我的脑海里。我希望可以忘掉它，但也许无法忘掉才是公平的，闭上眼睛并不能让这样的事消失。

当爸爸得到在设得兰的这份工作时，是妈妈建议我们一家搬到那里过夏天的。虽然她的藻类研究很重要并且对海龟有益，但是搬到安斯特岛意味着更靠近她真正想要研究的东西——生活在最寒冷海域中的最庞大的生物。

她大学时研究鲸鱼，还写了一篇很长的关于一只独自漫游世界的鲸鱼的论文。这只鲸鱼之所以一直单独行动，是因为它歌声的频率不同于其他鲸鱼。它可以听见别的鲸鱼，但别的鲸鱼听不见它。我有点儿理解这只鲸鱼的感受——自从妈妈生病，我的内心就一直在发出别人听不到的尖叫。然而，世界上她最爱的动物不是鲸鱼，而是鲨鱼，一只格陵兰鲨，因为那鲨鱼是她的，在那个夏天，它也成了我的。

我喜欢文字比数字更温柔这一点。如果我不在乎这个故事的真实性，我就可以让一切回到最初的样子。如果我必须用数字讲述妈妈的故事，我会告诉你现在关于她最重要的数字——93875400，这是她住院手环上的号码。但是 93875400 不能告诉你任何关于妈妈的事情，只有文字可以做到——尽管，有时文字也会让我失望。

现在，我有些混乱了。这就是文字的“缺点”，也是它最美妙的地方。文字可以表达丰富的含义。每个词都有很多分支，很多根源，如果你搞不清路线，就可能会像森林里的小红帽一样迷路。所以我得回到之前讲的事情上，我可不能忘了我要讲的主线。我要讲述的事是关于妈妈的。

去设得兰花了整整四天，这比往返两次世界另一边的澳大利亚所花的时间还要长。现在有飞机、高铁，去哪儿都不可能这么久，但问题是我们必须开车去设得兰，因为我们带的书太多太沉，没法带上飞机，而且还有一只叫面条的猫，她太吵了，没法带上火车。

叫她面条，是因为她还是猫宝宝的时候，个头非常小，小到能装进爸爸午餐后留下的空泡面杯。妈妈会洗净这些空泡面杯，用它们来给番茄种子育苗，因为她讨厌丢弃塑料。你可能听说过，海盗们的船上有船猫[1]。面条也是一只船猫。妈妈过去常常带着她坐船去海藻农场，她会坐在船头，冲着大海嗞嗞叫。

我们没有任何理由把面条留在康沃尔，所以我们为她买了一个旅行用的宠物运输笼箱。这个笼箱是为狗设计

[1] 在古代，海盗、商人等会带上猫出海，主要是为了防止船上有老鼠破坏食物、绳索、木制品等，造成经济损失，以及传播疾病。——译者注（如无特殊说明，本书注释均为译者注）

的，几乎占据了整个后座，我被挤到了一边，脚下是种着番茄的泡面杯。爸爸重新改造了笼箱，隔出好几层给面条攀爬，还在一个小隔间里放了一个猫砂盆，这样她上厕所的时候就可以有些隐私。

“我希望她不要大便，”妈妈说，“她大便的时候很臭。”

“谁大便的时候都臭。”爸爸公允地说。

我很抱歉，你们第一次听到我的父母讲话，是他们在讨论大便。

面条一直声嘶力竭地喵喵叫，根本闲不下来用猫砂盆。这是猫的超能力——可以长时间憋尿。这一点和人类不同，当然还有其他方面也不一样。因为要上厕所，中途我们停了好几次，也好让爸爸妈妈轮流驾驶。他们播放了一本有声书——《稻草人》，是迪克·金－史密斯写的，内容非常悲伤，不一会儿我们都哭了。

我在路线地图上查看我们的旅途进度——爸爸妈妈已经不用这张地图了，因为他们有了导航仪。我觉得地图比电子导航有趣。地图展现全貌，道路看起来像一条条血管，又像一条条河流。

我们第一个夜晚是在西米德兰兹郡的一家B&B[1]民宿度过的。这家民宿的老板是一对挑剔的夫妻，他们允许带狗却禁止带猫。当时已经很晚了，来不及再找另外一家，所以我和妈妈睡民宿的大床，爸爸则陪面条待在车里。房间里有一个注水的床垫，这在过去很受欢迎。

“听这些咕噜声和咕咚声，”妈妈在床上扭来扭去，“像是睡在鲸鱼的肚子里。”

“你觉得鲸鱼的肚子里是这种声音？”

“是我知道，我听过鲸鱼肚子里的声音。曾经有一头鲸鱼误吞了用来捕捉它们歌声的追踪器。它肚子里的声音比大海还响。”每当她谈论大海时，呼吸就会变得很平静。

“要见到设得兰的鲸鱼了，你开心吗？”

“嗯。”她的声音里带着笑意，“那里有很多种鲸鱼：Balaenoptera musculus，Physeter macrocephalus，Monodon monoceros，Delphinapterus leucas。”

---

[1] B&B，Bed and Breakfast的简称，一种提供住宿和早餐的旅馆，类似民宿。

“蓝鲸、抹香鲸、一角鲸、白鲸，”我不假思索地翻译出这些拉丁语学名，“听起来这次旅行像是为你量身定制的。”

“是呀，也是为你。这将会是有史以来最棒的夏天。”

“我们会见到水獭吗？”

“机会很小，但是有可能。”妈妈从来不用“是”或“不是”来回答这样的问题。她是科学家，这意味着，她要为“不可能”留出余地。“不过我会北上去挪威海。据说那片海域有一只格陵兰鲨。”

我希望她能给我讲讲格陵兰鲨。从我很小的时候开始，妈妈就会给我讲各种海洋生物的知识，我把它们记在一个封面印有一朵雏菊的小小黄色笔记本里，这就好像把它们串起来做成了项链，每一个都闪耀而珍贵。她又打了个哈欠，不再说那些复杂的词了，我知道，她就要睡着了。

我翻过身，只能看见她的牙齿在黑夜里闪着微光，脸的其余部分好像都消失了，我伸出手抚摸她的脸，确保它还在那里。我记得那天晚上她的脸，我的手指仍能感受到它。文字，可穿越时间之河。

我们没有在那家苛刻的民宿吃早餐。爸爸非常生气，因为面条大便了，弄得他的睡衣一股臭味。妈妈把睡衣挂在车门外，关上窗户将它固定住，然而，在伯明翰郊外的 M5 高速公路上，睡衣还是飞走了，一辆货车从上面碾了过去。他们为此小吵了一架，我们也因此走错路开到了通往曼彻斯特的 M6 高速公路上，后来，经过曼彻斯特的 M62 高速公路，我们又回到 M6 高速公路。

到这个时候，我已经厌烦了 M6 高速公路还有这些公路的名字。它们起书里那样的路名，岂不更好？比如“精灵之路”，“对角巷”或者“黄砖路”。[1] 这也许会让本章的最后一段，对你们和我来说，都更有趣一些。

[1] 此句中的路名分别出自《魔戒》《哈利·波特》《绿野仙踪》。

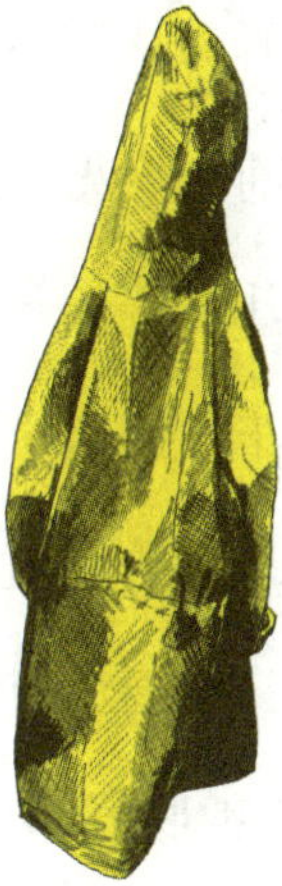

02

“就是这个？”

在耶尔岛加彻村的码头上，我们坐在车里盯着那艘即将搭我们去安斯特岛的小船。

我们已经开了将近一千英里[1]，还搭了长途渡轮从阿伯丁到勒威克。勒威克是设得兰群岛中的主岛——梅恩兰岛上的一个城镇，如果地图还在你的手边，可以试着找找看，它可能只是上面的一个小点，但却是设得兰群岛最大

[1] 1 英里约等于 1609.344 米。

的岛，所有从苏格兰陆地过来的渡轮都会停在这里。

目前，设得兰给我的印象是葱绿、潮湿。云朵垂得很低，我几乎确信一伸手就能碰到。一停车，爸爸就伸展着身子从车里出来，开始做深蹲弹跳，平日他对着电脑工作时，每二十分钟就会做一次。我在座位上往下挪了挪，不过还好，周围没有和我年纪相仿的人。

“要香肠卷吗？”妈妈转过身递给我一个香肠卷，她的腿上放着一整盒，盒子差不多有油漆罐那么大。她说，如果必须买塑料包装的东西，最好买大份装，尽可能减少塑料的使用。她特别喜欢那种很便宜的、水分很少的香肠卷，里面的肉是粉色或灰色的，偶尔会在里面咬到一小块肉——建议你最好吐掉。爸爸说，这些是肉店里剩下卖不出去的肉做的，他绝对不吃。

我接过一个。妈妈在座位上伸了个懒腰，我听见她脖子上的关节咔嗒作响。她习惯了待在室外，习惯不停活动。妈妈有一件非常结实的黄色防雨外套，就是石油钻井工人穿的那种。不论什么天气，她都会外出。即使要在家里使用电脑，她也会把电脑放在厨房的操作台上，站着打字。

“格陵兰鲨。”我说。

“嗯？”妈妈的嘴里塞满了香肠卷。

“在民宿的时候，你提到了格陵兰鲨。你觉得能找到一只吗？”

妈妈若有所思地咀嚼着，然后看了看表：“想出去走走吗？”

“只要不和爸爸待在一块就行。”

此刻，爸爸正来回甩着胳膊，拍打着自己的屁股和大腿，海风也没能盖过他的喘气声。妈妈笑出了声：“同意。”

我们下了车，妈妈从后备厢里取出我们的外套。我的是红色的，如果和穿黄外套的妈妈、穿绿外套的爸爸站在一起，我们就构成了一组交通信号灯。

风把我们推向石砌码头边上一个湿漉漉的长凳，妈妈直接坐了下来。她向来不介意潮湿，湿对海洋生物学家来说再自然不过了。

“你感觉怎么样，茱？”

“还行。”

“这一路可真漫长。”她说。

“我知道，”我说，“我也在呀。”

她环顾四周，当看到我时假装很吃惊地跳起来：“原来你也在呀。”

我咯咯地笑了。“格陵兰鲨。”

“Somniosus microcephalus[1]。”

“我用爸爸的手机查到一些关于格陵兰鲨的资料。”

“在这儿也能收到信号？”

“资料上说，它们可以活到 517 岁。”

妈妈摇了摇头。

“这不是事实吗？”

“还没有证据证实这一点。可能是真的，但人们从来没找到过一只这么老的格陵兰鲨。目前，最老的大约 400 岁。”

我盯着她：“400 岁？”

“是。”妈妈总是这样，像念购物清单一般，随口说出

[1] 格陵兰鲨的拉丁语学名。

惊人的事实。掌握知识对她来说，就像吃饭穿衣一样，轻而易举。“不过，也可能有误差。通常，鲨鱼的年龄比较容易判断，因为它们的骨头长有像树年轮一样的环状纹路。但是，格陵兰鲨的骨头非常软，以至于长不出这样的纹路，所以科学家会根据它们眼睛里的晶状体来判断年龄。”

我感到脑子不够用了。我努力记住这个知识，回去好把它写在我的黄色笔记本上。“这也太疯狂了！”

妈妈怔了一下，她不喜欢这个词。她说过，疯狂的人只是不被理解而已。“并不是，这是一种智慧。”

“怎么可以活这么久？”

“它们很慢。”她说。妈妈任风把头发吹在自己的脸上。我仍记得那个画面：平时习惯扎头发的她，那天让头发散落下来，遮住了半张脸。这让我感觉她像故事里的先知，在昭示某个预言。

“很慢？”我皱皱鼻子，“这是什么意思？”

“它们游得很慢，老得也很慢，好像骗过了时间。每年就长 1 厘米，你知道 1 厘米是多少吗？”她用手指比画给我，两根手指挨得很近，“就这么多。”

“你觉得我会活很久吗？我现在长得很快。”

妈妈笑着抱住我。我闻到她外套上的橡胶味，还有新鲜空气和香肠卷的味道。“当然啦，你会活很久。”

“妈——”我假装要挣脱她，但其实一点儿也不介意她的拥抱。渡轮鸣笛了。所有车都开上船后，船向下沉了不少，我尽量不看周围。为了驱散脑子里我们可能会遭遇沉船的想法，我拿出黄色笔记本。本子上全是关于海洋生物的知识，我从 9 岁起就开始在这个笔记本上做记录，现在已经满一年了。我翻到新的一页，添上标题——格陵兰鲨，然后写下关于眼睛的晶状体和柔软骨头的知识。

我对历史不太感兴趣，不过还是知道在拿破仑[1]出生前，那条鲨鱼就存在了。甚至在莫扎特[2]出生之前它就已经存在——我在音乐课上知道了莫扎特。拿破仑和莫扎特都生活在很久很久以前。

在灰色的大海和灰色的云层中，贝尔蒙特镇慢慢显露

[1] 拿破仑，生于 1769 年，法国军事家、政治家。

[2] 莫扎特，生于 1756 年，奥地利作曲家。

身影，不远处灰蒙蒙的低矮建筑散落在海岸边。我并不讨厌灰色，除了面条，我最喜欢的动物就是灰海豹。但从阳光明媚的康沃尔来到阴雨连绵的安斯特岛，尽管只待一个夏天，眼前的场景还是让我的胸口有点儿堵。

下船后，还要开一段路。我们每个人都很沉默，甚至连面条也不例外，她也许和我有同样的感受。从小镇出来只有一条马路，前边的车子一辆接一辆地驶离这条路。最后我们前面只剩两辆车，到了路尽头的分岔口，他们右转，而我们依照打印出来的路线说明图选择了左拐，这张路线说明图是爸爸工作单位发过来的。接下来的路没有任何路牌，而且越来越颠簸。

雨滴敲打着车顶，像爸爸等邮件时用手指敲打办公桌的声音。妈妈一直开着车窗，我能闻到雨的气味——一种混合了泥土和青草的味道。

“你确定我们走对了吗？”爸爸问。

“这儿没有其他路可走。”妈妈挥着路线说明图，“上面写了，从贝尔蒙特镇出来直走，在岔路口左转，然后直行就能到于夫莱－金特灯塔。”

你没听错，于夫莱－金特。这个地区唯二灯塔的另一座叫马克尔弗拉加[1]。所以，真是不幸中的万幸啊。

地势逐渐上升，我们的车吃力地往上爬。当到达坡顶时，妈妈将车窗摇得更低，她把头伸出窗外，兴奋地欢呼。

“茱，丹，快看！”

她的语气听起来像是在担心我们会错过什么，但根本不可能错过。到了山坡顶，道路终于变得平坦，一片无人打理、长满野草的荒地勉强算一个车道。迎着巨浪翻滚的无垠大海，杂草丛生的悬崖边伫立着一座黑白相间的灯塔。

于夫莱－金特，我们的灯塔。

我终于明白为什么那么多故事都发生在灯塔。仅从外观上看，灯塔就是个冒险的好地方。灯塔外墙上的一架梯

[1] 马克尔弗拉加，也是灯塔所在岛礁的名字。马克尔弗拉加岛灯塔是英国的最北点。

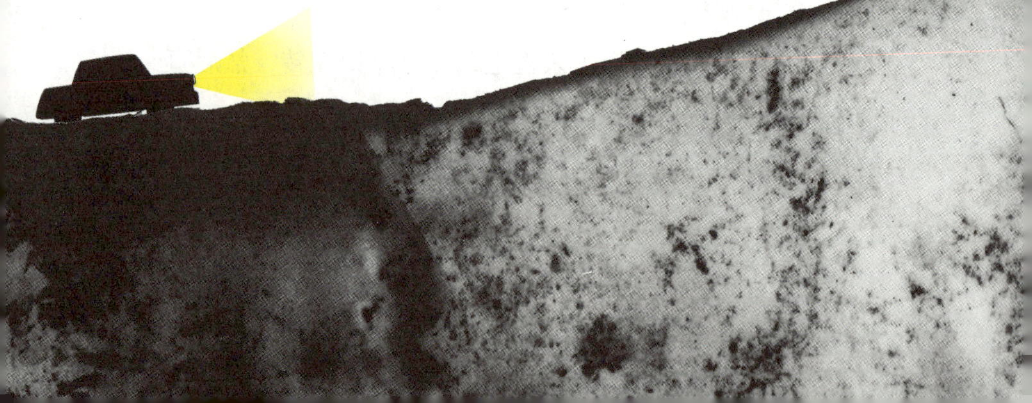

子直达顶部的信号灯室，灯室外有一圈设有围栏的走廊。灯塔的基座被荨麻和金雀花纠缠环绕，爸爸不得不在里面费劲地翻找钥匙。他讲了好多句脏话，妈妈竟然没有对他发火，因为她已经完全被大海吸引。终于，爸爸在一个装了半桶雨水的锡桶下面找到了钥匙。他小心翼翼地拿起钥匙，还在牛仔裤上擦了擦手。这个谨小慎微的人，就是我的爸爸。

灯塔里面阴暗又逼仄，一走进来我的心就感到不安。从底层地板的一头走到另一头我需要走 10 步，爸爸可能只要 6 步就够了。浴室在厨房旁边，淋浴头和马桶紧挨在一起。

家具是上一任守塔人留下的，它们似乎对这里也不满意。墙壁都是弧形，但是家具都方方正正的，所以没有哪儿是贴合的，像船难留下的残骸，有的甚至突兀地杵在那里挡着门。墙很厚，可潮湿的水汽还是爬上墙壁两侧，生出黑色的霉斑，整个空间都弥漫着海的味道。

楼梯沿着墙壁盘旋上升，像室内螺旋滑梯。我把面条从运输笼箱里放出来，她立刻爬上楼梯，一路喵喵叫着跑上楼顶。

“这将会是一次冒险。”爸爸说。

“一次非凡的冒险。”妈妈说。

爸爸张开双臂搂住我们，我被挤在他俩中间。

“我要被压扁了。”

他们大笑，亲吻彼此，我故意发出嫌恶的声音，然后跟着面条上楼了。

手指触及的墙壁全是潮湿的，沿着楼梯盘旋而上让我感到眩晕。除了底层，向上还有三层房间，都是木质地板，下方由粗大的钢条交叉固定。第一层有一张双人床和一张桌子，几乎没有站的地方。

我继续往上走。第二层是一张单人床，上面已经铺了印有雏菊图案、有点儿发霉的床单，旁边的木质床头柜上放着一盏蓝色台灯。这肯定会是我的房间。和家里我的房间一点儿也不像，没有刷成海蓝色的墙壁，也没有摆着贝壳的书架。我的嘴唇轻轻抽搐。但我还是坚定地告诉自己，只是一个夏天而已，相当于坐船从英格兰到加拿大的时间——是很久，但不是一生一世。我很快就能回家，和沙布斯、玛蒂、内勒一块玩。我走进房间，瘫倒在床上。床单潮乎乎的。

喵——

面条在楼上叫我。每当她这么叫，你就得去看看她想要什么，否则她是不会停的。再往上就是紧挨着信号灯的一层，金属支架支撑的锥形玻璃罩悬在头顶。我想象着爸爸在这里敲电脑，写让塔灯自动运行的程序，工作间隙，还会做那让人尴尬的拉伸操。

在车里蜷缩了四天后，我的腿变得酸软无力。爬到顶层时，我已经上气不接下气。面条抓挠着一扇红色的金属门，一把生锈的钥匙插在钥匙孔里。我完全听不到门外大海或风的声音，这扇门肯定和墙一样厚。

“妈妈！”我向楼下大声喊。

她的声音传上来时已经变了调而且很微弱：“怎么了？”

“我能去外面看看吗？”

我能听见他们在讨论，不过我已经伸手去够钥匙了。我清楚地听到爸爸说“不行”。

“可以。”一分钟后妈妈喊道。

“要小心！”爸爸喊。

我转动钥匙，用力推门，门锁响起钉子划黑板的那种刺耳的声音，但是门却纹丝不动。我用肩膀抵住门，用整个身体的力向前推。

门开了，但突然又被风推了回来，我费力地挤出去，来到观望台上。狂风如一记耳光迎面扑来，被吹乱的头发

像

扭动的蛇一

样抽打着我的脸，我的

眼睛痛得流下了泪水。

我用袖子抹去眼泪，最先映入眼帘的不是大海，不是悬崖，也不是金属笼架里巨大的、发着昏暗灯光的信号灯。

而是一个站在护栏边的男孩。

03

很显然，他在眺望大海，而且没想到会有人来。他比我矮一点儿，和沙布斯一样拥有一头乌黑茂密的头发。风吹着他的头发在耳边飘荡，我无法看清更多细节，因为正当我想开口说“你好！”或者“你在这里做什么？”时，他翻过栏杆从我的视线里消失了。

我以为他跳了下去，或者压根就没出现过，我的心一悬，仿佛被提到嗓子眼儿。我扑向栏杆，向下望去——他就在那儿，没有掉到草丛里或者像鬼魂一样消失，而是正沿着生锈的梯子向下滑，还戴了双手套以免被粗糙的金属表面划伤手。他看起来就像动作电影里飞檐走壁的男主角。

他以超级英雄式的蹲姿着地，然后从疯长的草丛和荆棘中拉出一辆自行车，跳上车，飞快地骑过我们的汽车，沿着我们来时的小路骑走了。他没有停顿，也没有回头。我一直看着他，直到他那棕色的外套在绿色的大地上变得模糊不清，然后消失。

"茱莉亚？"

妈妈站在我身后，一只手捋着不断刮在脸上的头发，她身上黄色防水外套的衣摆在风中翻飞着。

我不知道为什么我没有告诉她那个男孩的事。多半是因为，对那时的我们来说，这件事并不重要。她伸出手带我绕到观望台靠海的一边。

"那边是奥克尼群岛。"她指给我看，"那边是格陵兰岛。那儿是挪威，然后那边是北极。"

"我们的家在哪一边？"

她笑着看向我，轻轻戳了戳我的胸口。"我们的茱莉亚，不论你在哪里，家都在这里。"

“嗯——”

妈妈正沉浸在她那傻兮兮的情绪里，她在我身后跪下，抬起我的双臂，唱起了一首婉转悠扬的歌。这首歌来自一部电影，就是那部讲一艘船沉了，船上的人几乎都死了的电影。爸爸来到她身后，也跟着唱起来。面条在门边不解地望着我们，好像觉得我们都疯了似的。她这么想也不无道理。

收拾行李没花多长时间，我们把旧徒步鞋和刚拆封的全新长筒雨靴——绿色的是爸爸的，蓝色的是妈妈的，黄色带小雏菊图案的是我的——摆在门口，把西红柿培育杯放在扩建的厨房高而窄的窗台上，现在这里已经开始像个家了。妈妈用手机放音乐，还给我倒了一杯果汁。

只要不太想家，我几乎是快乐的，而且那个神秘的男孩也引起了我的兴趣。我走到外面，爸爸妈妈正在为车里到处都是的猫砂而争吵。他们翻遍那些狭窄的柜子，都没找到吸尘器，所以妈妈不得不用手把猫砂弄出来，而爸爸很担心上面的细菌。在他们争论微生物的传染性以及猫粪便可以致人失明这些问题时，我来到那个男孩逃走的梯子下面，想看看在草丛里能不能找到什么线索。面条坐在潮湿的草地上，看着我。

土地潮湿而松软，我看到运动鞋留下的一个脚印，比我的稍微小一点儿。拨开一丛紫色的小花，下面是——

“宝藏！”我拿起它给面条看。

这是一条用红线和金线缠绕而成的绳子，在靠近打结处的地方断开了，线的末端已经磨损，线也散开了。或许对你来说，它看起来不像什么珍宝，但直觉告诉我它很特别，所以，进屋之前我把它收进了口袋。

那天晚上，天黑得很晚，因为现在我们在纬度很高的地方，这意味着，太阳照射的时间更长。爸爸用黏糊糊的番茄酱做了螺旋意面，还撒了很多芝士碎末。

我们围着餐桌坐下。小小的桌子被擦洗得很干净，而且因为经常有人把手肘放在上面，所以磨得非常光滑。爸妈把我们在海尔镇的房子租借给了普利茅斯大学的研究员住一个夏天。一想到别人住在我们的房子里，坐在我们的餐桌旁，用着我们的刀叉和妈妈的鲨鱼印花纸巾，就会有一种很奇怪的感觉涌上我的心头。

面条蹲在桌子下面，吃她最爱的油浸长鳍金枪鱼，是特别昂贵的那种。我不知道那是什么味道，因为爸爸只买给面条。我不喜欢吃金枪鱼，有一回我在妈妈留在家里的科学杂志上读到一篇文章，上面讲撒网捕鱼会杀死那些我们平时不吃的海洋动物，比如海豚。这对金枪鱼很不公平，因为没人在乎它们被渔网捕杀了多少，但我在乎。

猫不关心这样的事情。如果面条的嘴巴足够大，她很可能会吃下一整只海豚。

吃完饭后，我和妈妈洗碗，爸爸调试厨房柜台上那台盒子大小的迷你电视。我们康沃尔的家里没有电视，所以这台“史前”型号的机器几乎算是对我们的款待了。但是，这里没有洗碗机，也没有洗衣机。

“我们怎么洗衣服？”我问。

“镇上有一家自助洗衣店，”妈妈说，“不过，今天，我们暂时先在水池里洗爸爸的内裤？”

“咦，真恶心！”

水池镀有一层搪瓷，很小，一次只能在里面洗一个盘子。妈妈洗好后递给我，我把盘子擦干，然后摆放整齐——这里没有地方放晾碗架。

“之前住在这里的人，他们肯定非常整洁。”我说。

“是‘他’，”妈妈说，“那个守塔人一个人住在这里。”

我想到那个单人间里整齐的床单，不知道他是不是希望偶尔能有客人来访。“他连一只猫也没有吗？”

一声哐啷声传来，爸爸说了句脏话，紧接着又说：“抱歉啊！50便士[1]！”这代表他应该往我的脏话罐[2]里放50便士。但去年夏天，自从我用脏话罐赚到32.5英镑后，爸爸妈妈就不再往里面放钱了。妈妈说，我这是在牟取暴利。

“我又听到了一个50便士吗，亲爱的？”妈妈问。

[1] 100便士等于1英镑。1英镑约为8.8元人民币。

[2] 脏话罐，一种为了阻止人们说脏话而设置的用具。当有人说了脏话就要往脏话罐里放一些钱作为罚款。

“没有，亲爱的，”爸爸回应道，“但如果你能帮我找找遥控器就好了。”

不过，我们没有找遥控器，而是一起玩了鲁多游戏[1]。

[1] 鲁多游戏，也叫英国十字戏，是一种用到骰子的多人棋盘游戏，玩法类似于飞行棋。

04

只要一个晚上，妈妈就能适应新地方，这可能是因为她喜欢待在海上。大海总是不停变化，脚下的水永远不会是同一片，所以无论在什么地方，她都能像在家里那样自在。这就是为什么爸爸说她很乐观，我管这叫没心没肺。然而，她不在乎别人怎么想。

妈妈第一次带我到镇上时，穿了黄色毛衣、黄色防水裤和那件黄色外套，她一点儿也不担心自己看起来像个招摇过市的香蕉。但和一个人形水果一起见新邻居，我就没那么兴奋了。

“从哪儿开始呢？”妈妈冲我露出一个明朗的笑容，“商店？还是——商店？”

“商店。”

“好计划，蝙蝠侠。”妈妈说。她在岔路口疾速左转，我紧闭双眼，咬紧牙关。她开得实在太快了。

几分钟后，我们到了镇上。小镇沿海岸线铺展开来，所有的房子都像我们的厨房那样，低矮方正，墙壁漆成白色，屋顶是灰色的板岩，门则刷成红色或黄色。这排低矮的小房子让我想到停歇在石砌码头上的一排海鸥。

妈妈把车停在一家叫“金利商店”的店门口，店外摆放着水果和蔬菜，橱窗里挂着鱼线和铁锹。

“我们要买一个遥控器是吧？”妈妈说，“还可以顺便买些苹果。”

我想起那张迷你餐桌上装得满满的水果盘，说：“家里有苹果。”

“但这家商店卖苹果呀。能同时买到遥控器和苹果，何乐不为呢？”

妈妈喜欢抓住当下。我喜欢她这一点。

街上没什么人，但当我们从车里出来时，路过的行人都停下交谈看着我们，倒不是不友好，更多的是出于好奇，但这还是会让我感到不自在，脖子痒痒的。走进店里时，妈妈热情地冲大家挥手，他们也挥手回应，我则把手插在大衣口袋里，低头盯着脚尖。

商店门上挂着一个铃铛，顾客一进门，铃铛就会丁零丁零地响，我觉得很亲切，因为在海尔镇古尔德太太的果蔬店也有一个这样的铃铛，尽管金利商店一点儿也不像古尔德太太的果蔬店。古尔德太太的店里到处摆着花围裙和陶瓷鱼，没什么真正用得到的东西，而这里有强力胶、绳子、巧克力棒和鱼饵。全都是实用的东西，我喜欢这儿。

“你们好！”一声带着浓重苏格兰口音的问候传来。还记得前面我说过文字里有空间吗？他的口音简直可以装下一间屋子。柜台后面的男人留着白胡子，脸颊和鼻子通红而有光泽，像因备受主人喜爱而擦得锃亮的靴子。当他冲我微笑时，我几乎看不见他那蓝色的眼睛。

“你们是新来的？”他问，“住在灯塔？”

“我丈夫在那儿工作。”妈妈说，“我叫莫拉，会和挪威的船一起出海。”

“大浮冰号？”他用拇指摩挲着红润的额头，“很棒的船。你要去寻鲸吗？”

“还有一些其他的事情。”妈妈说着拍了拍我的肩膀，“这是茱莉亚。”

“很高兴认识你，茱莉亚。我是金。”

他在说自己的名字时，发音更像企鹅这个单词里G的发音[1]，而不是妈妈最爱的那种酒[2]。

“我有一个和你年纪差不多的孙子，叫阿德里安。他还在睡觉，你晚点儿来，我介绍你们认识。你们想买点儿什么？”

妈妈向他询问关于遥控器的问题，我走到糖果货架前。这里有做成各种迷你食物模型的软糖：热狗、汉堡，甚至有全套早餐——包括培根、鸡蛋和煎面包片。我知道最好不要让妈妈给我买，因为她不喜欢单独包装的糖果。

---

[1] 金利（Ginley），简称“金”，即Gin，其中G的发音是/dʒ/，但书中金利有口音，说出来更像/g/。

[2] gin还有“杜松子酒”的意思。

所以我们总是买成罐的糖果，这确实是一个在各方面都更好的选择。

“遥控器和苹果都买好了！”妈妈站在我身后，抱着苹果和遥控器灿烂地笑着，“金还告诉我，图书馆在哪里。”

“再见，莫拉，茱莉亚。”金向我们点头告别。妈妈试图用胳膊肘开门，手一滑，苹果撒了一地。

“别告诉爸爸，”她说着，捡起苹果塞进我拿的托特包里，“上面的微生物会逼疯他。”

她拿起一个苹果，吹了吹，然后咬下一大口，边嚼边递给我。我摇摇头。在细菌这样的事上，我的态度介于爸爸和妈妈之间，我不会不洗就吃从地上捡起来的水果。但妈妈似乎毫不担心，也许她只是有比担心这件小事更重要的事要做。她把苹果和遥控器放进后备厢里，然后拿了另一个托特包。

“接下来去图书馆？我们真应该带上你爸爸的内裤。”

我不禁哼了一声：“什么？”

她又咬了一大口苹果，不等咽下去就说：“图书馆，也是自助洗衣店。走吧。”

我们穿过马路继续往海边走，路过一家炸鱼薯条店、一个报刊亭，然后就到了自助洗衣店兼图书馆——有它在，以后我们就不用在水池里洗爸爸的内裤了。

透过宽大的玻璃窗，我看见里面所有的机器不停地转啊转，但不见一本书，除了柜台后一脸无聊的女孩也没有其他人。

那女孩看起来比我大一点儿，可能有十五岁，很漂亮，一条浓密乌黑的辫子搭在一边的肩膀上，金色的鼻环在棕色皮肤的映衬下闪着光。她抬头看了一眼。我用我认为最成熟的方式冲她点头，她扬起漂亮的眉毛点头回应。一瞬间，我觉得自己特别酷。

“我们到了！”妈妈拉着我走进店里，我被鞋带绊了一下，那种很酷的感觉立刻蒸发了。店里像植物大棚那样闷热潮湿，我一进屋就开始出汗。

妈妈快步走向那个女孩。“你好！我是莫拉，这是茱莉亚，我们想借几本书。”

女孩又扬起眉毛，微笑着把头朝她身后的小房间歪了歪：“在这儿。”

“谢了——”

“妮塔。”女孩说。

“谢了，妮塔！”

从她旁边经过时，我小心地避免再次被鞋带绊住。我们来到一个小房间，从地板到屋顶全是书。地上铺着一块绿色的毛毛虫形状的地毯，像一小块摊开的草坪，房间另一头的双开门通向一个小庭院。院子里坐着一位眉毛和妮塔一样完美的女人，穿着一件褪色的小熊维尼 T 恤。她正在看一本书，封面上一个体形高大的男人抱着一个噘着嘴昏倒的瘦小女人。她没有注意到我们，书的内容一定很精彩。

这里童书区最大，右侧低矮的四个书架上密密麻麻塞满了书，常见的系列小说都在这里：《最不淑女的谋杀》《驯龙高手》《淘气包亨利》和《苏菲的汤姆》。还有很多看起来比较新的书，书脊几乎没有被翻过的痕迹。我从书架上抽出一本。

“那本不错。”

我吓了一跳，立刻转过身。

"我在这儿。"那个声音说。我才注意到在较远的一个角落，两个书架之间空出了一个方形空间，一双长着长睫毛的棕色眼睛从书架的拐角处探出来。

"是你，"尽管只能看见脸的一部分，但我可以确定，"在灯塔上！"

"嘘！"男孩歪歪头示意我靠近。我跪着侧身挪过去。"那是我的妈妈。"他指了指正在庭院读书的女人，"她不知道我去灯塔。她觉得那里很危险。"

"像你那样从灯塔上跳下去肯定危险。"我说。

"嘘！"他紧张地看向他的妈妈。她长着一双棕色的大眼睛，还穿小熊维尼 T 恤，看起来一点儿也不可怕。

"你落下了这个。"我从口袋里拿出那根金红相间的绳子。

"我的守护绳[1]。"

"什么？"

"守护绳，是我姐姐送我的手链。"他小声回答，好像

---

[1] 守护绳，也叫拉基圣线，是印度一种有保护和友爱寓意的手链。在每年 8 月的佩绳节，女性会用彩线编守护绳送给自己的兄弟。

有些尴尬。

“她真好。是你的生日礼物吗？”

“不，这是我们的习俗。女孩会给哥哥或弟弟编一条绳子，而男孩则要给姐妹买礼物。这其实不太公平。”

“这条绳子挺好看的。”我说。

“是啊，不过它已经断了，我得把它扔进海里。戴的时间够久了。戴着它去学校太丢人了。”

“为什么？”

“有些男孩，”他耸耸肩，“认为男生不应该戴手链。不过，这是守护绳啊，所以……”

他不继续说了，在尴尬与骄傲之间犹豫。我看了看我的香蕉人妈妈，我想我能理解这种感受。

“我能一起去吗？”

他侧身从书架间的缝隙里挤出来。和我印象里的一样，他比我矮，很瘦，手指颀长，鬈发别在耳朵后面翘着。“当然可以。”

“我叫茱莉亚。”

“钦伊。”他把手插进口袋，说，“妈？”

院子里的女人头也不抬地答应了一声。

“我的守护绳断了。我能把它扔到海里吗？”

她抬起头，目光扫过男孩、绳子和我：“去吧，然后马上回来，彼塔[1]。”

“妈妈，不要这样叫我。”男孩不自在地调整了站姿。

“别叫我‘妈妈’。”他的妈妈漫不经心地回应，然后翻了一页书。

“好的，妈。”他翻了一个白眼，当然并不是对我，“你去吗？”

我低头看看手里的书，差点儿忘了自己还拿着它。我翻开第一页。我喜欢书，这不意外，因为我喜欢文字，但我只喜欢从第一页开始就很吸引人的书。这本书以飞机在一片广茂的丛林间起飞开篇，所以我把它夹在胳膊底下。

“妈妈，我想和钦伊一起去码头。”

“好。”妈妈浏览着书架说，“小心点儿。”

我们穿过自助洗衣店，妮塔从柜台下拿出一本巨大的

---

[1] 彼塔，是 beta 的音译，在印度语中是“儿子”“孩子”的意思，是一种亲密、亲切的称呼。

登记簿。“你找到想读的书了吗？”

我把手里的书递给她。

“我们要去把这个扔到海里。”钦伊举起守护绳。

“你还欠我一个礼物呢。”妮塔说着接过书，“我来登记下。”

我们穿过马路来到石砌码头。蓝色的海面波浪翻涌，浮标像小鸟一样上下晃动。我们倚着金属栏杆，钦伊把绳子扔到海里。

“就这样？”

“我还许了个愿。”钦伊辩解道。他坐在栏杆上，两条腿悬在海面上晃来晃去。

“小心，彼塔！”他妈妈的声音穿过马路传来，钦伊像触电一样马上站起来，扭过头向后望。她和我妈妈正站在洗衣店门口，她们两个都没有看向我们，但妈妈们好像后脑勺也长了眼睛。

“我都告诉她不要这么叫我了。”

“她为什么这样叫你？”

“‘彼塔’是儿子的意思。”

我皱了皱眉：“但你确实是她儿子，对吧？”

“没错，可是……”他咬咬嘴唇，“算了，反正这不是我的名字。”

“钦伊，很好听。”我赶紧说，因为他看起来很沮丧。

“你这么认为？”他没有直视我的眼睛，“这比我真正的名字要好。”

“钦伊，不是你的名字吗？”

“我可以告诉你，但你要发誓不告诉任何人。”

“拉钩。”我说着朝他伸出小指。他用他的小指碰了一下，看起来有些疑惑。所以，我解释说：“我发誓，我不会告诉别人。”

“我的真名叫，钦舒克。”他打了个冷战。

“我喜欢这个名字。”

“它的意思是花。”

“我喜欢花，你不喜欢吗？”

“应该喜欢吧。”他慢悠悠地说，“但学校里的男孩们说——”

“他们似乎并不怎么有趣。”

“他们还行，”钦伊耸了耸肩，“只是有点儿……”

他的声音越来越小，不再说下去，转头看向洗衣店。我们的妈妈正笑作一团。妈妈的笑声随风飘来。

“我该回去了。”

“既然现在我们住在那里，你妈妈会不会允许你来灯塔？”

“我问问她。”钦伊满眼期待地说。

“茱莉亚，走啦。”妈妈喊道。我们走向她们。妈妈说：“这是玮迪。”

那个穿着小熊维尼T恤的女人微笑着说：“你的书，茱莉亚。这是本好书，对吗，彼塔？”

钦伊点点头。

“请尽可能多来。”玮迪说，“市议会说，如果我们不经常使用图书馆，就要关了它。”

“一定会多来的。”妈妈说，“我很快就会带着我丈夫的裤子过来。”

我朝钦伊挥手，他也挥手回应。我的心里开出一朵喜悦的小花。也许我们可以成为朋友，哪怕只是在这个夏天。

妈妈挽着我：“我们去买点儿炸薯片吧？”

05

“你觉得安斯特岛怎么样？”妈妈问，她塞了一嘴的食物，晃荡着双腿坐在码头边上。

“还不错。”我从纸袋里挑了一块看着特别脆的薯片放进嘴里。

“‘不错’是个很笼统的词。”妈妈说，“在你眼里，安斯特岛是什么样的？”

我边咀嚼边想，故意慢慢地吞咽，想给妈妈做个好的示范。“这里的人很友好。环境灰扑扑的。很安静。”

“那些海鸥可不安静。”妈妈说，她警惕地盯着它们。

这里的海鸥个头很小，背上有斑点，不像我们在康沃尔看到的那种体形较大的黄喙海鸥，那种海鸥会俯冲下来抢走冰激凌或整块炸鱼片，还有一次竟然袭击了古尔德太太的吉娃娃。“形容得不错，我会再加一条——很咸。”

“因为我们在吃薯片。”

“是因为大海。”

“但是镇上不咸。”

“去舔舔那面墙。”妈妈指着我们身后的房子说，“我敢打赌，输的话，就往你的脏话罐里投钱。”

我遥望大海，吹凉热气腾腾的薯片。“找到格陵兰鲨，要多长时间？”

“不需要很久，”妈妈自信地说，“最近就有人在南边看到了。有可能第一次出海就能找到一只。”

“真的吗？”

“别跟你爸爸一样扫兴。”妈妈戳了一下我的肋骨。我揉了揉，为自己质疑她而感到内疚。

“我只有两个月，所以必须抓紧时间。我要搭乘出海的那艘船，去年他们追踪到一只。”

“这又和你的海藻研究有关吗？”

“不，”妈妈说，“和你的祖母有关。”

“佩妮奶奶？”

“不，是我的妈妈，你的外婆。”

我不解地眨眨眼：“她和鲨鱼有什么关系？”

妈妈轻哼了一声，拍掉外套上的盐粒：“你爸爸对这件事很有意见。你知道她患有失智症吧？她的脑子出了问题，开始忘记一些事情。”

我点点头，嘴里塞满热薯片。“内勒的奶奶也有这个病。她曾经穿着拖鞋来我们的年终音乐会。”

“可是，你外婆年轻时就得了。他们管它叫早发性失智症。”她紧紧握住黄色外套，指关节发白。“她得病的时候太年轻了。这样的事不该发生。如果有办法延缓病情恶化，我们就能多陪她一些时间。疾病像团烈火，一口将她吞没。”

她的声音听起来僵硬而紧绷，我用手背蹭蹭她的手背。妈妈清清嗓子，对我笑了笑。我能看出来，她在尽力忍住不流下泪水。“但是格陵兰鲨，它们很慢，游起来像冰川移动那样慢。这就是为什么格陵兰鲨可以活那么久。”

我知道，这对妈妈来说，完全讲得通。她的思维跳转得很快，大脑能够迅速串联起那些我不知道的信息。她就是这么聪明。

“所以？”

“所以……”现在妈妈的声音变得坚定起来，眼神也更清澈了，“格陵兰鲨游得很慢，慢到可以放缓时间。一些研究者认为，我们可以找到格陵兰鲨行动慢的原因，用于延长人类的寿命。”

这听起来很像是瞎编的，像电影里的情节。但是妈妈经常告诉我一些天方夜谭般的知识，我会把这些记在我的黄色笔记本上。以下这些是我的最爱：

1. 地球上最长的山脉在水下，叫大洋中脊（你会觉得它应该拥有一个更了不起的名字），总长约 8 万公里，人们对它的探索比月球还少。

2. 太平洋比月球宽，有 2 万多个岛屿。

3. 宇宙中恒星的数量，超过地球所有海滩上沙粒数量的总和。

4. 一杯水中的原子数量，比用水杯装完海洋里的水所需要的杯数还要多。

5. 海龟用屁股呼吸。

妈妈还告诉我，第一棵树出现之前，鲨鱼就已经存在了。所以，在这份奇怪知识清单中，鲨鱼早就有了一席之地。但是，活几个世纪、能延续时间的鲨鱼？这完全是另一种奇怪，简直不可思议。

“可能吧。”她小声说道，“会成功的，这样，一些家庭就不必过早失去心爱之人。”

我紧紧依偎着她。我是那么爱妈妈，那么为她骄傲，康沃尔的朋友们都觉得这种情感有些奇怪。但你能理解，对吗？

妈妈用脸蹭了蹭我的头。“抱歉，我不由自主地说出这些话。哎，文字，你懂的。我只希望能申请到资金。”

“爸爸可以借给你一些。”我想到在康沃尔的家里，爸爸谈到灯塔负责人会付他多少钱时，高兴地在厨房里跳舞。

“哈！那他也没有一千五百万英镑，不是吗？”

我差点儿从码头上摔下来：“一千五百万？！太疯狂了。”

“是太离谱了。”妈妈纠正道，“不过，这类研究就是要花这么多钱。无论如何，离建立起实验室还有很长的路要走。首先得找到格陵兰鲨，想办法追踪它。然后才能研究如何提取我们需要的细胞。”

“你不会……不会要杀掉鲨鱼吧？”

妈妈震惊地看着我：“绝对不会，就像我不会伤害你，或者一棵几百岁的橡树一样。”

我知道，把我和一棵树相提并论，听起来有些奇怪。但从妈妈嘴里说出这样的话，确实是一种赞美。因为她真的非常非常地喜欢树。

“这一定程度上说明了为什么这项研究很复杂。”妈妈继续说，“但这个设想是合理的。”她检查沾了油渍的薯片包装纸，看它还能不能回收再利用，然后满意地点点头，将包装纸放进口袋。

“我能去吗？”我问。

“去哪儿？”

“上那艘船。我想帮你一起找鲨鱼。”

“你爸爸不会喜欢这个主意的。”

“那又怎样？”妈妈通常不会在意爸爸的想法。

她耸了耸肩。“也许可以。让我先多了解一下它们再说。现在，来吧，我的宝贝，是时候脚踩流星了。”这是妈妈想表达“行动起来”时的可怕用语；而“行动起来”又是爸爸表达“我们走吧”时的可怕用语。爸妈在设得兰和在其他地方一样让人尴尬。

呲呲呲。

我醒了过来，耳边传来好像牙齿噬咬铝箔纸的呲呲声，又像是刀锋划过铁皮表面时的声音。我看了眼我的海星手表，现在是凌晨两点半。

呲呲呲。

也许这声音是我想象出来的。

呲呲呲。

“不。”我大声说，“不是想象。”

面条从被子里钻出来，轻盈地跃到地板上，尾巴上的毛奓着，很像臭鼬的尾巴。她俯身贴着地板悄无声息地走出门。

我拿起手电筒跟在后面，思绪飞快地转动。床头灯的光圈扩散在对面的墙上，照出我庞大而可怕的身影，楼梯盘旋着向上向下延伸，消失在黑暗里。

呲呲呲。

我知道，我应该去叫妈妈。万一是小偷怎么办？我的心因恐惧而剧烈地跳动。上面传来面条的喵呜声，我惊了一跳，胳膊上的汗毛都竖了起来。光脚踩在木地板上，脚下的凉意让我瑟瑟发抖。一阵细小的刮擦声传来，我知道面条正试图打开门。我紧张地跟着她，绷紧每一块肌肉，随时准备逃跑。

呲呲呲。

在这里，声音更响了。不论那响声是什么，它就在门的另一边。面条扭动着屁股，随时准备猛扑过去。看到她那弱小的身体摆出老虎一般的姿势保护我，我更有勇气了。我伸手去够门把手，同时举高手电筒。手电筒虽然是橡胶握柄，但非常重，有一次我不小心被它砸中了脚，真的很疼。

来不及深思熟虑，我打开门冲了出去，面条在我脚边像一个奓毛的小骑兵。

室外，夜晚漆黑清冷，成百上千的星星如薄雾一般散布在天空中，一弯细细的月亮则泛着银白。那里，手电光晕下的轮廓是——

“钦伊？”

惯性让我扑向他，我们撞在一起，手电筒从我手中滑落，穿过栏杆掉进下面的草地，发出一声闷响。

“哎哟。”他揉着额头，我注意到他另一只手握着一根绳子，“小心点儿！”

“小心点儿？”我几乎要笑出来了，刚才的恐惧一下子消失不见，“你在这里做什么？”

“做每个晴朗的夜晚我都会做的事。”他说。面条站在门边，像看所有陌生人那样，警觉地望着他。钦伊也回以警觉的目光。“这是你的猫？”

“没错。但爸爸说，与其说她是我们的，不如说我们是她的。不过……”

钦伊茫然地看着我，露出那种不喜欢猫的人会有的表情，爸爸管这样的人叫“我们的异类”。

“不过，”我又把话题拉回来，“你在干什么？”

“我在尽量不把这个撞坏。”

他把一个东西拉了上来，小心翼翼地抬过栏杆。我觉得这个举动没有太大意义，因为刚才刮擦灯塔的声音已经

大得吵醒了我，但出于对那东西的好奇，我没有说出来。

“一个望远镜？”

他自豪地点点头。

“我能看看吗？”

我伸出手摸了摸。望远镜和钦伊一样高，从外观就能看出它非常沉。它有一个由三根细细的金属腿组成的三脚架，目镜上围了一圈柔软的红色皮革套。镜身光亮的黄铜像我们康沃尔家里门把手的材质。钦伊弯腰眼睛对准目镜，调节镜筒上的一列旋钮。面条退回了屋里，我站在那儿看着他。

“好了。”他抬起头，露出一个害羞的微笑。

“你看看。”

透过望远镜看出去，熠熠发光的星辰散落在深邃的夜空中，此刻我意识到，天空不是黑色，而是蓝色，各种各样的蓝，从暖阳下海洋的蔚蓝色到妈妈用来粉刷浴室天花板的油漆的颜色。妈妈在浴室的天花板上用喷绘模板印了许多金色的星星，像那种学校奖励给学生的星星。

但真实的星星根本不是这样，它们是白色的，就像科

学课上的镁火那样明亮。它们就是镁火，还有成千上万种其他的气体和火花，就像以前灯塔的光。

“这些星星，”钦伊说，“它们已经存在几百万年了。我的帕皮[1]——”他顿了一下：“我的爸爸，他说，星星比我们所知道的、能够触及的任何事物都要古老。其中有

[1] 帕皮，即 bapi，孟加拉文化中对父亲的亲密称呼。

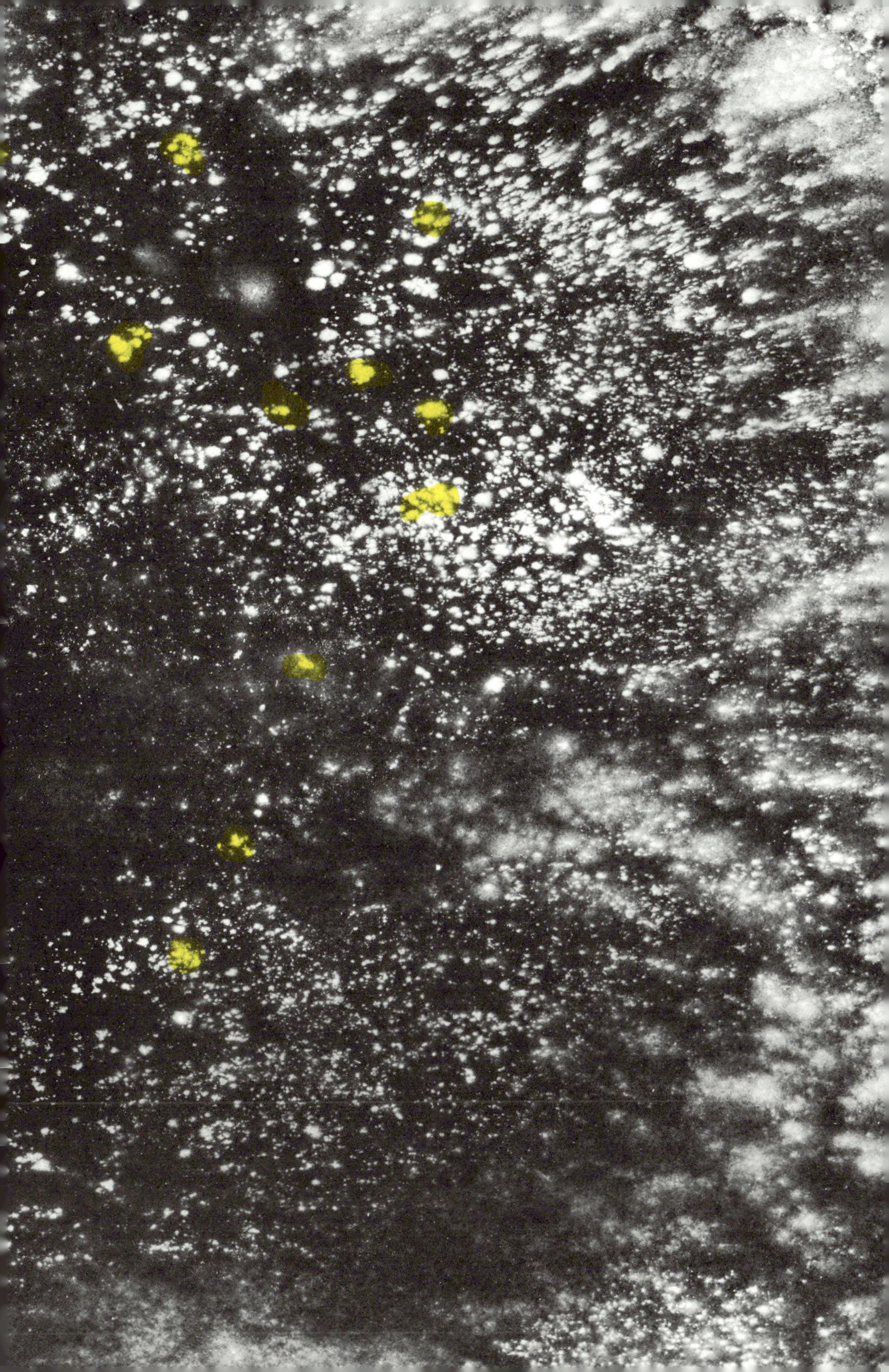

一些已经死了，但它们的光还在，因为那些星星离我们太遥远了，它们的光需要很久很久才能到达这里。”

“死了？”我眯起眼睛看着星星。我从未见过如此有生命力的事物。我感觉大脑在扩展，当妈妈告诉我一个我想记在黄色笔记本上的知识时，我就是这种感受。但那些都是关于海洋的知识。如果我想成为妈妈那样的海洋生物学家，必须保持专注于一个领域。

“嗯。爸爸说，它们的光会一直闪烁，直到我们死去很久以后。”

“这很……不错？”其实，这个真相让我感到忧伤。

“算了。”他嘟囔了一句，准备要收起望远镜。

“等等。”我伸手拦住他，“我明白你的意思。”

“你明白？”他没有直视我的眼睛，而是将目光落在我右耳外的某个地方。

“是的。”

“你有可能会明白，毕竟你的妈妈是科学家。”

“她是研究海洋的，不是天空。”我说，“不过，海洋和天空一样有趣。”“是更有趣。”出于对妈妈的支持，我补充道。

钦伊皱起了鼻子。“比这还有趣？”他指向我们周围无边无际的黑夜。

“对，那里，”我指着脚下低啸着冲刷礁石的大海，说道，“那里才是真正的秘密之地。我们对海星的了解远不如对星星的了解多。”

看得出来，他并不相信我。但我不介意。妈妈告诉我，成为科学家最重要的一点是学会倾听和交流，因为你永远不知道你的想法什么时候会因为他人而改变。

06

钦伊让我去自助洗衣店找他。

“今天只有我和妮塔。”

“你在那儿打工吗？”

他摇了摇头。“市议会关闭以前的图书馆之后，我们就没有地方可去了。”

我不明白他为什么不约在海滩。附近有一些海蚀洞，我很想去探索一番。不过，既然钦伊邀请了我，不去就太失礼了，而且妈妈允许我出去，只要我能在晚饭前回来就行。

我把一个培根三明治放进口袋，从臭烘烘的船棚里找到我的自行车，沿路推了一段。等走过家门前那段坑坑洼洼的路，到通往城镇的柏油路上，就容易骑了。路上的人不比前一天多。钦伊告诉我，当地许多孩子每逢暑假就会去大一点儿的岛或者梅恩兰岛过暑假。但他们全家会留在这里，因为“对当地人来说，自助洗衣店是必不可少的生活设施”。他说这句话时，显得特别骄傲，就跟我谈论我妈妈时一样。

金的商店已经开门了，他正在店外往货架上摆放鱼饵。一个面无表情的男孩，提着一箱罐头站在他旁边，可能是他的孙子阿德里安。我冲金的背影挥了挥手，却得到那个男孩不悦的目光。这让我的车把晃荡了一下，我立刻抓紧把手。

妮塔和昨天一样站在柜台后面，钦伊坐在上面摇晃着双腿。我把自行车锁在路灯柱旁，隔着玻璃窗朝他们挥手。钦伊跳下柜台，来到敞开的店门口。

“你来啦。”他说，声音里带有一点儿惊讶，“屋里有点儿吵。”

他说得没错。洗衣机像小型旋风一样翻滚、轰响，除了贴有故障标志的那一台，几乎所有洗衣机都在工作。妮塔的目光从手机上抬起，给了我一个大人式的点头："嘿。"

我也冲她点头，怯生生地回应："嗨。"她真的很漂亮。

"你们两个能看会儿店吗？"妮塔从柜台后面走出来，伸了个懒腰，"我得去劳拉家一趟。"

"当然可以，"钦伊说，然后又爬上柜台。妮塔甩着粗辫子离开了。

我看着她离去，惊叹之情溢于言表。"她好漂亮啊。"

钦伊皱起鼻子："学校里的男孩也这么说，真恶心。"

我把洗衣袋放在长凳上，也跳上柜台，坐在他旁边。钦伊踢了踢脚后跟。"我没想到你会来。"

"为什么？"

他耸了耸肩，看得出他很在意，因为他没有看我。"我以为你会觉得来这儿玩很奇怪。"

确实有点儿奇怪，但不适合现在说出来。

"你爸妈呢？"

"去梅恩兰岛了。"他指着那台坏掉的洗衣机说，"那台机器需要更换零部件。”

“他们让你和你姐姐看店？”

“还有图书馆。以前他们会让我一个人看店。有时候会。”他自豪地说，接着又叹了一口气，“但后来……”

“后来怎么了？”我问，我无法想象钦伊会在这里捣乱。

“就是有几个学校里的男孩，他们有时候会过来。”

“约妮塔出去？”

“呃，不是！”他噘起嘴巴，上嘴唇顶到了鼻子，“只是他们对我不太友好。”

我理解地点点头。去年，我也曾被几个高年级女孩欺负。她们戳我的肚子，还叫我鲸鱼、肥肉，但其实鲸鱼身上的是鲸脂。不过告诉她们这一点只会让事情更糟。

“你告诉你妈妈了吗？”我问，因为我就是这么做的。她第二天就去了学校，那一年那些女孩再也没有找过我麻烦，然后她们就转到其他学校上七年级了。

“我可不要告诉她。”钦伊说，“不过妮塔发现了。从那以后，除非有人陪我，否则他们不会让我一个人留在这儿。可我不介意一个人。”

看着他晃动双腿，我并不感到悲伤，我能想象他一个人待在这里的感受。我没有姐妹或兄弟——除非算上面条，我们总会算上她，但是大多数人不会——所以我习惯了独处，也许对钦伊来说也是这样。但我觉得钦伊并没有讲出全部实情——他不只是一个人待着，还要面对孤独。

“你还好吗？”他突然抬起头，注意到我盯着他看。

“还好，为什么这么问？”

“你看起来是这样的——”他做了一个滑稽的表情，面条要大便时就会露出这种神情。

“那只是我没有表情的表情。”

“噢，抱歉。吃点儿吗？”他从口袋里掏出了一包巧克力棒。

我拿了几根，然后把骑车路上被压扁的培根三明治递给他。

他摇了摇头。“我是素食主义者。”

“我妈妈也是，大部分时候是。”

“大部分时候？”

“只是她喜欢吃培根和香肠卷。”

“明白了。就是喜欢吃猪肉？”

我点点头。

“她为此感到难过，因为猪真的很聪明。”

“那为什么还要吃猪肉？”

“我猜，是因为她太喜欢那个味道了。”

我们一边静静地吃东西，一边看洗衣机一圈一圈地旋转。“你今天晚上会带望远镜来吗？”我终于开口问道。

他咽下一口食物，摇摇头：“风暴要来了。”

我咬住腮帮子，尽量不去想妈妈明天要出海的事。

“也许后天可以，如果天气放晴的话。”他继续说，“我很高兴你喜欢。”

“你是指那个望远镜？”

“还有星星。妮塔觉得这些事很无聊。”

“那是因为她是你姐姐。”我机智地说。钦伊突然不再跟我讲话，他看向窗外，那样子让我想起面条看见另一只猫的反应。不过，他不会像面条那样奓毛，相反，他似乎想蜷缩起来。

顺着他的目光看去，之前帮金搬东西的那个男孩正站在店外咧嘴笑，但那不是一个友好的笑容。当我抬头看他时，他的嘴咧得更大了，他那张泛红的脸贴在窗户上哈气。我能感觉到钦伊在发抖。

“他是金的孙子吗？”

钦伊没有回答。那个男孩的脸蒙在他那蓬松的头发投下的阴影里，手指在玻璃的雾气上画着什么，钦伊仿佛中了他的魔咒。然后他挥挥手，悠闲地走开了。

我身边蔫了一样的钦伊，呼出一口长气。

“那是阿德里安吗？”

“是的，我跟你说过学校里那帮男孩。他算是他们的头头。”

我跳下柜台，去看他在玻璃上留下的图案，是一朵四瓣花。钦伊走到我身边，“我得擦掉它。”

“他为什么要这么做？”

钦伊沮丧地说：“我的名字是花的意思，他觉得这很滑稽。”

“他真蠢。”我说。

钦伊嗯了一声，走到柜台后面拿出一个喷水壶和一块抹布。“还好，理查德没和他一块来。要是他来了，很可能会直接进来。”

“他不能拿我们怎么样。”我说。

“他可能会说些什么，”钦伊说，“一些可怕的话。”

“比如？”

钦伊没有回答。他走到外面，左右看看，然后清理掉那个图案。当他坐回柜台后面时，我看见他的嘴唇在颤抖。我想试着说点儿什么分散他的注意力。

“你夏天都做什么？”

“什么意思？”

“就是，你玩什么？”我说。

钦伊耸了耸肩，指指四周：“我通常就看看书或者做点别的事。”

“你会去游泳吗？或者——”

钦伊摇摇头：“我不会游泳。”

我立刻坐直了：“可是，你生活在海岛上呀。”

“那又怎样？”钦伊僵硬地坐着，躲着我的视线，“你现在就像学校里的那些男孩。有一次，他们想把我扔进大海里。”

“这种行为不好。”我肯定地说，“但游泳是好的。”

“维京人不会游泳。”他伸着下巴说，“他们认为学游泳不吉利，因为这代表在为溺水做准备。”

我挪了挪位置，因为柜台硌着我的腿了，我不喜欢这种感觉。妈妈非常擅长游泳，在水里就像海豹和水獭那般自如，但这并不意味着她会溺水。我用笑声赶走了自己的担忧。

“你又不是维京人。”

“我可能是。”钦伊激动地说，即使在洗衣机轰鸣的房间里，他的声音也显得过于响亮。他突然又看起来很沮丧。“不会游泳有什么奇怪的？”

“我不是那个意思——”

“一切都好吗？”妮塔站在门口。

“很好。”钦伊说着从我身边移开，“茱莉亚要走了。”

我感到很受伤，心如针刺般疼痛。我不明白发生了什么。“钦伊——”

他已经打开了图书馆的门：“拜。”

门在他身后重重地关上。我看向妮塔，她耸了耸肩。我涨红着脸迅速经过她身边，跑向我的自行车。当我戴好头盔，准备骑走时，听到了起哄声。扭过头，我看到阿德里安和一群男孩站在一起。他们的笑声催促着我离开这条街。

07

“你怎么了？”妈妈疑惑地盯着我看。

“没事。”

“不，肯定有事。”她总是这样，好像能看透我。“你和钦伊吵架了？”

“给她点空间，莫拉。”爸爸说，他面前有一堆邮递员送来的乱糟糟的电线，明天就要开始工作了，他的眉间已经长出了一道忧虑纹。明天也是妈妈登船的日子。爸爸紧张而沉默，妈妈则像一个被压紧的弹簧圈，随时准备释放体内的能量。

“你要带面条一起去吗？”

我知道，他这么问是为了转移妈妈的注意力，但是我不得不用力咬住腮帮子，才能忍住不问——“为什么不能带我去？”我从水龙头接了一杯水，看起来有点儿浑浊，但味道还行。

“当然。”她弯腰挠了挠面条的下巴，“我的小吉祥物，今晚你就能见到比约恩·约翰松船长了。”她用一种低沉又粗哑的声音说出那个名字。“他要来吃晚餐。”

爸爸停下了手上整理电线的动作，问道：“什么？”

“一种礼貌的表示。”妈妈说着又继续看她的航海地图，“你总不能不见见他，就让你的妻子和比约恩·约翰松（说这个名字时她又切换到那种粗哑的声音）一起出海吧。”

爸爸叹了口气，他很不喜欢妈妈冲动行事还不事先告诉他。“我觉得比约恩·约翰松才是那个该感到担心的人。”

“今晚请做橱柜烩饭，大厨。”

爸爸的橱柜烩饭就是，将家里有的任意一种米饭放到肉汤和喝剩的葡萄酒里煮，再放一些罐装豌豆和橱柜里有的食物。要想做得好吃得煮久一点儿，所以我帮爸爸整理电线，好让他能早点开始做饭。

爸爸带我来到位于信号灯下的办公室。我抬头看着那盏灯，想象它亮起来时是怎样的金黄、炽热。

“放这儿吧，茱。”

我把手里的电线放在他指示的地方。

“很酷，是吧？”他指着灯。

电之于爸爸，犹如大海之于妈妈。

我微笑着，犹豫了片刻才开口：“爸爸。”

他在抽屉里翻找着：“怎么了，茱莉亚？”

“你跟妈妈说，不让我跟着去，是吗？”

“什么？”

“出海呀。如果她希望我去，我也想去。”

“她没跟我说过这件事，茱。”

我咬着已经发疼的腮帮子。“噢。”

爸爸靠着桌子担心地看着我：“没事吧，茱？你看起来有点儿不高兴啊。”

我想告诉他阿德里安的事、钦伊讲的维京人不会游泳的事，还想告诉他，我觉得自己做错了什么，但不知道怎么弥补。但如果我说出这些，我们就得进行一次“正式的谈话”，这不是我想要的。

“面条就能坐船出海。”

“面条是面条，”爸爸耸耸肩，好像他说得很在理似的，“而且我们两个在一起会很有趣，不是吗？你可以帮我搞定这盏灯。”我看着这些电线，心想这跟“有趣”这个词可不太搭。

“你也有自己的朋友呀。凯文，是吧？”

“钦伊。”他的名字在我的喉咙里卡了一下。

“好吧。哪天，可以邀请他来家里吃午饭。”

我知道，爸爸是想在我和钦伊一起玩之前了解他，但现在已经没这个必要了，因为钦伊似乎不想和我做朋友了。“再说吧。”

妈妈的声音从螺旋楼梯传来。“我要开始切菜吗？”

“我们得赶紧下去，”爸爸做了个无奈的表情，从桌边站了起来，“要不然她会把自己给切了。”

很快，狭小的厨房就被大蒜和红酒的气味淹没了。妈妈往锅里放了大量辣椒粉，面条被呛得逃到了楼上。当敞开的门传来敲门声时，我们全满脸通红，不停地咳嗽。

妈妈像迎接老朋友那样张开双臂：“比约恩船长，欢迎你的光临！不过，先别进来，你会被熏死的。”

门外的那个男人又高又瘦，淡蓝色的眼睛周围布满了皱纹，在他伸出手想和妈妈握手时，手腕处露出了晒得发红的皮肤。妈妈忽略掉他伸出的手，直接抱住他。然后她把我推到前面。

“这是茱莉亚，那儿边做饭边咳嗽的是丹。”

爸爸眼泪汪汪地挥手，表示欢迎。

“见到你很高兴，茱莉亚。”他的口音很重，话语短促而且带有奇怪的停顿。但是，是好听的。

“你能帮我们把桌子抬出去吗？”妈妈说，“现在屋里不适合用餐。”

“不妨多享受下这好天气，”比约恩船长说，“今晚就会变天了。”

看到船长从狭窄的门里把桌子搬出来，让我更敬佩之前那个把桌子放进去的人。比约恩船长卸下一条桌腿，我们才能把桌子成功搬出来。我们把桌子放在梯子下面一片平坦的地方。趁没人发现，我迅速捡起手电筒，但妈妈还是注意到了梯子下被反复踩踏的草地，看起来确实非常明显，像一条人走出来的小路。

“看来，有时候我们也有访客。”

“也许是水獭，”比约恩船长说，“这一带水獭很活跃。”

爸爸把橱柜烩饭砰的一声放在桌子中央，我们开始坐下来吃饭。

像往常一样，妈妈开启谈话：“我们什么时候出发？”

“一早，”比约恩船长说，“尽可能地在海上多待会儿。下午会有来自西边的风暴。”

“我们会放下浮标？”

“没错。”

“然后，”妈妈满嘴食物地问道，“也许能找到？”

比约恩船长耸耸肩，但不是那种漫不经心的态度。“也许下个星期，也许下个月，也许永远都找不到。它们喜欢待在深海。”

“这就是为什么你们要装声呐。”

“当然。但我一只都没见过。”

“你的船员见过，是吧？”

“但我没有。”

“但我会见到的。”她对我笑了笑，语气十分坚定。我相信她。当妈妈确信一件事时，她总是对的。

“也许吧。”比约恩船长说。我注意到，爸爸的目光从船长的脸上转向妈妈，眼神中带着一丝忧虑。

“这项研究是哪所大学资助的？”

“现在还没有得到资助，”妈妈愉快地说，又给自己盛了一碗，“只有启动资金，但我就要开始着手做了。”

比约恩船长慢慢地咀嚼，远超过了咀嚼柜橱烩饭需要的时间。“这就是你只雇佣我们两个星期的原因吗？”

“两个星期？”我问，“我还以为是两个月呢。”

“是的。”妈妈挥了挥手，好像这根本不重要，“推进过程中，我会一笔一笔付。会解决的，钱会有的，这项研究很有前景。”她像念咒语、念祷告词一样说着这样的话。

“如果你不介意，我想问一下，这是项什么研究？”他问。

妈妈嘴里塞满了食物，于是，我替她回答。

“格陵兰鲨可以延缓衰老，妈妈打算利用这个原理延缓人类的衰老和死亡。”

“差不多是这样。”妈妈说。

比约恩船长扬起一条浅色的眉毛：“这些鲨鱼，很不容易找。也许根本不可能找到。”

我生气地瞪着烩饭。他以为他是谁，竟然在教我妈妈什么可能、什么不可能。

“对我来说不难。”妈妈说。空气里弥漫着紧张的气息，好像双方在用力拉扯一条看不见的绳子。

“它们会在很深的海里活动。”

“超过两千米，”妈妈轻轻耸了耸肩，“但也会浮出水面。”

“有时候会。”

“正是如此。”

比约恩船长先让步，耸耸肩说道：“好吧。”

“肯定能找到。”妈妈忍不住又强调了一遍。

她的手在用力，我也不由得握紧拳头。爸爸握住妈妈的手。我在椅子上挪动了一下，想要说点儿什么缓解这种紧张的气氛。

“比约恩船长，你会游泳吗？”

“当然会。”

至少，这是一个安慰。

晚饭后，妈妈和爸爸起了一点儿争执，我没有留下来听，但我觉得可能跟钱有关。通常都是因为钱。我知道他们为了买康沃尔的房子借了很多钱，银行差点儿两次收走房子。我努力让自己保持冷静，拿出黄色笔记本，在上面算出了两千米等于二十个大本钟叠起来那么高。

鲨鱼喜欢在二十座大本钟首尾相接那么深的海里生活。也许比约恩船长是对的，这个想法像针一样刺痛我的胸腔。我强迫自己把这个想法抛在脑后。妈妈坚信自己会成功，我只需要记住这一点。

终于，我听见他们上床睡觉了。妈妈开始打呼噜，她会吃药帮助自己入睡，尽管如此，我还是小心翼翼地抬起穿拖鞋的脚，蹑手蹑脚地上楼。

现在，我慢慢了解了这座灯塔，知道踩哪里不会让楼梯吱吱响，也知道穿拖鞋怎么走才不容易滑倒。这一切对我来说已经没有新奇感了。

一般来说，经过一段时间后，原本让人感到新奇的事物会变得平凡普通。这也是为什么，我喜欢妈妈做的事，她对那些生物越熟悉，研究得越深入，它们就变得越有趣而不是越普通。鲨鱼、鲸，甚至海藻，都是如此。

我知道，就算我们没有闹翻，钦伊也不会出现在观望台，因为他知道今晚有乌云。比约恩船长预言的暴风如约而至，这暴风带来的乌云将星星蒙上了一层灰色的雾气。大海笼罩在一片黢黑之中，寂静得可怕，我什么也看不见。好像脚下有一个深坑，一直延伸到地球的中心，甚至比我想象的还要深。

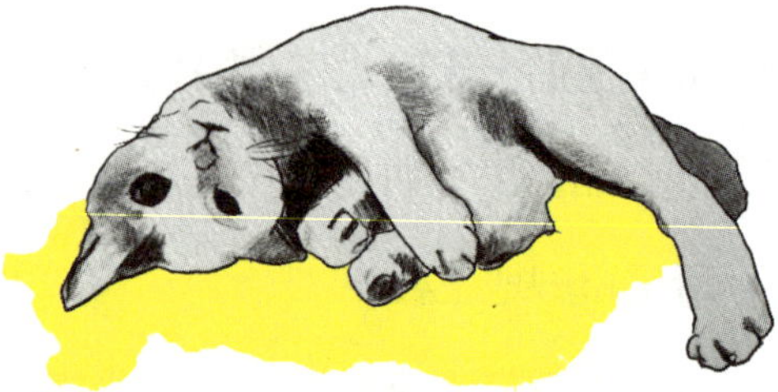

08

妈妈出海回来时很兴奋。面条似乎也为自己感到骄傲，她蜷缩在爸爸的大腿上，让他给自己梳理那些因海风和盐分打结的毛发。

“太狂野了！”妈妈说，她看起来也很狂野。妈妈拉着我的手转圈，“海浪有这么高，不，比这还高，还有那颜色！”

她松开手，我的屁股撞到了桌角，跌坐在凳子上，突然间我很想哭，这可真蠢。妈妈没有注意到我，继续滔滔不绝地讲：“和康沃尔的海完全不同，这里的海更清亮。

我们还看到了鼠海豚，还有各种海豹——”她停下来，热切地看着我，等我回应。

“鼠海豚，海豹。”我木讷地吐出这两个词。

“嘿，你怎么了？”

我耸了耸肩，其中一次带有实际含义：噢，我不知道，妈妈，也许是因为你把我从我的朋友身边带到这么一个偏僻的海岛，然后还不让我跟你出海。事实上，让我情绪变得更糟的是——我度过了非常无聊的一天，帮爸爸整理电线，把一条条五颜六色的电线排成彩虹的颜色铺在地板上。整个过程中我一直在想，要是能和妈妈一起出海得多有趣啊，或者和钦伊待在自助洗衣店里也好。但妈妈和钦伊都不想和我待在一起。

“她怎么了？”

爸爸也耸耸肩，不知道他的这个动作是不是也有其他意思。

“你和比约恩一样不爱说话。”妈妈叹了口气，“明天，我需要多穿一件外套。风暴带来了冷空气，但至少天气晴朗。”

“你看到格陵兰鲨了吗？”我问。

妈妈的兴奋劲似乎消退了一点：“没有，但这是预料之中的事。即使在最理想的条件下，它们也很难被发现。”我没有提醒她，昨天她可不是这么说的。

“我们向北航行得还不够远。目前，正在制作追踪地图，一定会找到一只的，我敢肯定。现在才找了一天而已。”她似乎不是在对我们说，像是自言自语，“这意味着，我可以再给大学写申请了，告诉他们我们已经行动了。既然已经开始了，他们肯定会批准这项经费。我还需要一台相机，来记录研究过程。”

爸爸皱起眉头：“我以为你差不多已经申请到经费了。”

妈妈挥挥手，不理会爸爸的话。“之前没有人做过这方面的研究，所以没有先例。我们还需要对参与的人员进行培训。”

爸爸缓慢地点头：“要花多长时间？”

“需要多长时间就花多长时间。”

“茱莉亚还要上学，我这份工作两个月后也会结束。”

“到时候，或许研究也完成了。不过，也可能需要三个月。无论如何，这是难得的机会，丹，而且——”

“莫拉。”爸爸瞥了我一眼，好像我还是个小孩，不会察觉他们实际上在吵架。

“我去看书了。”在他们让我离开之前，我拿起从图书馆借来的书，沿蜗牛壳一般的螺旋楼梯上楼了，面条跑在我前面。我扑倒在床上，克制住自己不去听楼下微弱而急促的争吵声，从枕头下拿出我的黄色笔记本。

面条蜷成一团趴在我的腰上，我翻到新的一页，画了两条竖线把页面分成三列，前两列分别写上日期、妈妈出海的时长，第三列记下港湾鼠海豚、海豹。我咬着铅笔，打量这一页，然后怀着一丝背叛般的负罪感又画了一条线隔出非常窄的一列，并画下一个叉。明天这一栏会有一个对勾。我必须像妈妈那样坚定不移地相信格陵兰鲨会出现，否则就会像爸爸那样让她伤心失望。

我又翻开新的一页，想记下钦伊告诉我的有关星星和维京人的事，但我们已经不是朋友了，而且这些也不是关于海洋生物的知识——这才是我的黄色笔记本存在的目的。我叹了口气合上笔记本。你必须建立一些规则，就像地球是有引力的，不然你就会从地面飘走。

等妈妈和爸爸回屋睡觉后，我拿上捡回来的手电筒，穿上一件毛衣。面条一直跟着我，直到她意识到我是要上楼，而不是下楼喂她。她可怜兮兮地冲我叫，但我没有理会。紧张情绪毫无缘由地在我的肚子里扑腾。这是我的灯塔，我住在这里——虽然只住一个夏天，但只要我想出去，就可以出去。

但钦伊不在这里。环绕信号灯的观望台走道上空无一人。为了确认确实没有人，我走了一圈，然后失望地坐在门边，告诉自己，我才不在乎。两个月后，我就会回到海尔镇，甚至会忘了钦伊和灯塔，但这个想法让我有些失落。家乡的朋友们并不关心我关心的那些事。

还记得那只鲸鱼吗？那只以错误频率在世界孤独遨游的鲸鱼？当朋友们谈论视频网站或者编排舞蹈时，我就是那只鲸鱼。她们看得见我，却听不见我。我觉得，面对学校那帮男孩的钦伊也是这种处境。我知道，这话听起来挺蠢的，我好像找到了一个和我拥有相同频率的人。但我搞砸了我们之间的关系，我甚至都不明白这一切是怎么发生的。

第二天早上，我们吃早餐的时候，妈妈收到了一个包裹。敲门的并不是常来的那个邮递员，而是一个穿着整洁的红黄相间的制服的男人。

“太棒啦！”妈妈笑着签收，嘴里塞满了炒鸡蛋，“物有所值。”

“这是什么？”爸爸问，他的眉心又出现了忧虑纹。

“准时特快邮递。”妈妈说。她愉快地挥手送别邮递员，然后摇晃着包裹给我们看，不小心碰到爸爸的麦片粥，湿漉漉的玉米片溅了出来。“这次出海，我需要这个。”

妈妈用黄油刀徒劳地戳着包装盒，直到爸爸递过来一把厨房剪刀才打开了它。当她拿出一个印有黑色相机照片的白色盒子时，爸爸眉心的忧虑纹更深了，像马里亚纳海沟那么深（马里亚纳海沟是地球上最深的地方，当然这里是比喻）。

“嗒啦！”她把盒子递给我，“看，茱莉亚！全世界最棒的野生动物摄影师都用这个。”

“但你不是野生动物摄影师。”爸爸说。

“对，但我确实需要拍摄野生动物。”妈妈轻描淡写地回应。我打开包装盒，取出照相机，里面有三个格外闪亮的黑色镜头。

“你拿到资金了吗？”我兴奋地说，想起她曾经说过，拿到资金后的第一件事就是买一个照相机。

“说真的，茱莉亚，”妈妈有点儿粗鲁地把相机从我手里拿走，“你有时候真像你的爸爸。这是一项投资，你明白吗？出海之前，我得给它充满电。失陪了。”

她匆匆离开厨房，我不得不快速地眨眼来忍住泪水，我没想破坏她的好心情。

“没事的，茱莉亚。”爸爸说这话的语气并不像没事。

妈妈充好电就出发了，本次航行需要过夜，这意味着我一整天都无法集中注意力做任何事情，也意味着爸爸会像抱小婴儿一样把他们用来通信的无线电对讲机抱在胸前。那天晚上，等听到爸爸回屋的关门声后，我悄悄来到观望台。

今天钦伊更不可能来了，但当确认他真的不在时，我的心口还是感到轻微的刺痛。我学着爸爸最严厉的口吻对自己说：“我不需要他。我有面条、爸爸，还有在做一项拯救生命的重大研究的妈妈。不就是在一个没有朋友的陌生地方待上两个月，我应付得了。”

观望台上特别冷，天空比来这里的第一天晚上还要明亮。钦伊肯定会喜欢这样的夜晚。我摇摇头，想要摆脱关于他的想法。真的，他最好别在这儿，这样我就可以睡个好觉，也许妈妈下次出海还会带上我。

“嗨。”

钦伊的头出现在护栏的另一边。

“嗨。”我若无其事地回应。

“我要上来了。”他说，“接着。”

钦伊扔给我一根绳子，扔得出奇地精准。绳子粗糙而结实，另一端系着望远镜。

他攀着护杆翻过来，然后拉绳子，把望远镜抬过护栏后，开始调整三脚架。我一声不响地看着他这一系列操作。

他透过目镜观察，微微挪动望远镜，直到找到一个满意的视角，然后拧紧螺丝，将它固定住。我的心怦怦直跳。就在我快要妥协说“对不起”，或“很高兴见到

你”，又或者“你知道格陵兰鲨闻起来像小便吗”时，他转过身。

“过来看看。”

我忍住笑意站起来，走向望远镜。柔软的皮革贴着我的脸颊，目镜里的天空是如此美丽，我忍不住地赞叹。他又将望远镜对准北极星。

“看到了吗？”钦伊问，“陀鲁

婆[1]星。”

“谢谢你。”

他眯起眼睛。我担心自己又说错话了，紧紧抿着嘴唇。

“这是陀鲁婆星，爸爸这么叫它。”

他凝视我的眼睛，脸庞被星光照亮。这好像是一个考验，一个我渴望通过的考验。

“我喜欢这个词，它是什么意思？”

“陀鲁婆，是一位国王的名字。”

我谨慎地点点头。“我妈妈叫它北极星。”

他的脸上有了一些变化，似乎乌云已经散开。他笑了。“对，这两个都是它的名字。维京人叫它导航星，还有人叫它极地星。”

“你叫它什么？”

“这取决于叫它的时候，我更像爸爸还是更像维京人。”

[1] 陀鲁婆，Dhruva，古印度神话中的北极星之主。

我点头表示理解："那今晚呢？"

"都像。"他的脚在观望台的金属地板上划拉着，"茱莉亚——"

我知道他想道歉，但其实不需要说出来。"我也是。"我说。

钦伊一直低头看自己的脚："阿德里安和其他男孩说这座岛是维京人的，而我不可能是维京人，因为我的父母来自印度，而且对一件事物，我们总是有不同的叫法。但是一个东西可以有很多名字，我也有很多名字。"

"星星也是。"我说，"但我不是说，你不可能是维京人。"

"我知道，"他低声咕哝，"那时，我只是觉得……"

他没有说完，但我知道他要说什么，当那种感觉在胸腔里不断堆积，就会激发出内心的尖刺。

"这就是你们刚搬来那天，我出现在这里的原因。"他接着说，"我以前会去海滩玩，但是他们也常在那儿闲逛，他们总是嘲笑我不会游泳。"

"他们又去洗衣店了吗？"

他沮丧地点点头：“那天我在骑车，阿德里安直直地朝我冲过来。为了躲开他，我从车上摔了下来。”

他伸出手，手掌上有一道清晰的伤痕。愤怒像沸水一样在我的身体里翻腾：“你告诉你的妈妈了吗？”

“不可以！你也不能告诉她。你保证！”

我答应了他，但他的脸还是像用过的纸巾一样皱巴巴的。他抬头看着星星：“我希望我能一直看着这些星星。希望夜晚永远深邃而清澈。”

我透过望远镜再次观察夜空。一个像极地星一样明亮的想法在我脑海闪现。

“钦伊。”我从望远镜前起身，“我妈妈有一台备用相机，是一台非常好的相机，妈妈没有带出海，因为它不防水。我们可以用它拍一张星空的照片。”

他立刻点点头。“要不就现在？再想有这样清朗的夜晚，可能要等好几个世纪。”

我小心翼翼地回到屋里，沿着墙根走到妈妈的书桌旁，在左上角的抽屉里找到了那台旧相机，然后返回观望台。“拿来了。”

我打开相机，发现储存卡满了，于是就删掉几张似乎是一大群鸟在田野上飞的照片，然后把镜头对准望远镜的目镜，等手完全稳住，就按下快门。最开始拍的几张都很模糊，我不得不删了重拍。

“让我试试。”钦伊说。他拍出来的更清晰，我们翻看着照片，他告诉我照片上这些光点的不同名字。

我的牙齿开始打战。清朗的夜晚也意味着更寒冷，我能看见，呼出的气息在空气中化成星尘一般的雾气。钦伊也在发抖。

“你该走了。”我说，“下次，我们应该多穿点儿。”

“下次？”他微笑着，“你确定？”

“当然啦，”我说，“如果你不想去海滩或者待在洗衣店，可以来这里找我。我妈妈经常出海，我爸爸整天忙着捣鼓电线。”

他抬头看着我，用略带迟疑的口吻说：“你真的不介意？”

我用胳膊肘碰了碰他：“我希望你来。”

他笑了，露出一个发自内心的微笑，嘴巴几乎咧到了耳根。“那好呀。”

我看着他爬下梯子，然后慢慢拉绳子把望远镜送下去。回屋之前，我又看了一遍那些照片，轻轻念出钦伊教我的那些星座的名字——仙后座、武仙座、天龙座、大熊座。[1]我没把这些名字记在黄色笔记本上，但这并不代表我不想记住它们。

正当我伸手够门把手时，伴随一阵刺耳的摩擦声，门被猛地推开了。爸爸站在那里，双手叉腰，对讲机的指示灯在肚子前一闪一闪的。

“茱莉亚·埃达·法里尔。你到底在干什么？”

[1] 在茱莉亚念的这些星座名中，武仙座（Jasi）和天龙座（Sarpa）是印度的叫法。

09

爸爸赶紧让我坐进放满热水的浴缸，他嘟囔着，我可能会得肺炎以及我有多像我的妈妈。

“对讲机里有什么消息吗？”我问，牙齿还在不停地打战。

“没有。”爸爸的语气有点过儿于轻松，“不过，她说这回出海全在掌握之中，他们比昨天更向北了一些。所以，你不用担心。”他的语速很快，我都没来得及告诉他，我并不担心。

“所以，你和钦伊又是朋友了？”

“你怎么知道我们闹矛盾了？”

“我虽然是父亲，但也会留意一些事。”他微笑着，“下次冒险之前，别忘了穿件毛衣。”

“我们不是在冒险。我们在看星星。”

“穿——毛——衣。”他拿起我放在水池边的照相机，“小心，别弄坏相机，茉，如果你需要可以用我的相机。”

“我很小心。”

“我知道。”他温柔地说。

“妈妈现在不是有一个新的了嘛。”

“是的，”爸爸说道，“不过我打算劝她把相机退回去，我查了那个型号……”他叹了一口气。“反正很贵。然而这一个呢，”他挥了挥手里的相机，“很特别。所以，我们还是把它留给妈妈吧。好吗？”

“好吧。”

他拿着对讲机和相机离开了。面条走进来坐在浴缸边上，挺直了背部，好像是坐在船头。

“妈妈没带你走，你是不是也不开心？”我问面条，她忧伤地冲我眨眨眼。更北边的海水太凶猛了，不适合带着面条出行，这似乎意味着妈妈也不应该去。但我安慰自己，比约恩船长很有经验，知道如何应对。

我回想着他说过的话，他从未见过格陵兰鲨，妈妈也可能一只都找不到。当他说出那些话时，像鱼鳍在水面下静静划过那般，妈妈的脸上掠过一抹阴影。当钦伊看见洗衣店窗户外的阿德里安时，也是这副神情。

我打了个寒战，水突然像外面的空气一样寒冷。面条拍打着水中的泡沫，但我无法放松，于是走了出来，换上干净的睡衣。爸爸从他的办公室下来，给我盖好被子，还在我的羽绒被上多盖了一层毛毯。

“灯的事，怎么样了？”我打着哈欠问。

他轻声笑了：“你可真像你妈妈。你知道那么多海洋生物的拉丁语名字，却一直管我的工作叫‘灯的事’。”我自豪地笑了。他揉揉眼睛。“不像我想的那样顺利，但，我会搞定的。”他轻轻抚摸我的头说，“睡吧，茱。”

说起来容易，做起来难。风越来越大，很快就呼啸起来，吹得灯塔嘎吱嘎吱响，像是有人在不停地跺地板，风携卷着青草味和咸味从门缝溜进来。然而，最恐怖的是大海，它像野兽一般咆哮着、嘶吼着，海水似乎就要渗进墙壁了。我握住黄色笔记本寻求一些安慰。狂躁汹涌的大海渐渐逼近，希望妈妈在船上安然无恙。

此刻，床变成了一艘小船，床单在我的指缝间化成泡沫。整个房间都在剧烈摇晃，屋顶不见了，取而代之的是鞭笞低空厚云的闪电，和追踪着它银色血脉、不断喷吐和收

拢的火焰长舌。无声的怒吼一遍遍响彻夜空。

那里，有什么东西在海中。

在海的深处，它缓慢游过。

海水越过它起伏的轮廓——

那巨大的，宛如天空般吞噬一切的身影。

我动弹不得，也看不见它。

它是如此安静，极致地安静。

仿佛困于无形的牢笼之中，

我无法转头，

但我知道它在向高处游去。

它张开了硕大的嘴巴，

装得下整个世界。

哀鸣声将我吵醒，我一动不动地躺着，噩梦挥之不去，心脏剧烈地跳动，直到我意识到那是水壶烧开的声音，才慢慢放松下来。我眯缝着眼看手表，凌晨 3:23。我叹了一口气，翻过身来。

看来爸爸终究没能睡着。我听到了低语声，是他在说话。但和他对话的不是面条，而是妈妈，她的声音快速而低弱。宽慰感瞬间温暖了我的全身。我从床上坐起来。一会儿她会像往常一样过来亲我，但我迫不及待想知道这次出海的情况。

我下楼梯时，听到砰的一声重响，好像有什么东西被摔在了桌子上。我停下来坐在台阶上，轻轻地呼吸。

“完全是浪费时间。”妈妈的声音隐隐约约地传来。我又悄悄地下了一级台阶。“要我说，他过于小心了。”

“再小心都不为过，”爸爸安慰道，“他知道自己在做什么。”

“可能他是想拖延时间，”妈妈说，“他知道我目前没有经费，而且资金申请几天后才会有答复。”

“他需要挣钱啊……”

“你到底站在谁的一边？”

“你这样就太不讲理了，莫拉。”

又是一声巨响，现在我知道这是妈妈在用拳头捶桌子。面条迅速冲上楼，在我身边坐下，蹭着我的膝盖。

“不，是你不讲理。”妈妈听起来更生气了，“你知道这对我来说有多重要。只要有人愿意相信我——”

“我相信你。茱莉亚相信你。你的妈妈也相信你。”

然后传来一阵急促的喘气声，接着是柔弱的抽泣声，这和刚才激烈的话语一样让我感到害怕。妈妈在哭。我感到喉咙里一阵哽咽。我以前好像听到过她这样哭，但记不起来是什么时候了。

“嘘——”爸爸温柔地说，“没事的。你不能这样，莫拉。你知道过去发生了什么。”

“我不会的。我不是——对不起，我只想做成这件事，丹。我需要这件事做成。”

“我知道，你会尽全力的。但你的健康更重要，你按时吃药了吗？”

“我记得。”妈妈的语气听起来又有些不耐烦，她在回避爸爸的问题，“如果你还是这样高人一等的态度，我就不想再讨论这件事了。”

听到妈妈拉动椅子的刮擦声，我急忙上楼回到房间。楼梯上脚步声响起的时候，我刚好躺回了床上。

但是，她的脚步声在我的门口停住了。她没有进来。

妈妈轻轻把门带上了。我躺在黑暗里，听着她下楼的声音。当她躺到床上时，他们卧室的地板发出了吱吱呀呀的响声。开水壶还在鸣叫，爸爸把它从炉灶上提起来后，尖鸣声变成了低音哨声。我拿出黄色笔记本，在第四栏画了一个叉。

10

我们的新生活逐渐步入了正轨。钦伊几乎每天都来找我，我们会聊书、星星和大海。我试着和他聊聊阿德里安，但他不肯。我多多少少能理解他。当我被欺负的时候，心里感觉黏糊糊的，很难受，就像有一条鼻涕虫在翻腾，我花了很长时间才鼓足勇气告诉别人。

爸爸每天刺啦刺啦地捣鼓信号灯，常常在观望台上拿着电线从我们身边挤过去，时不时地讲句脏话，紧接着又大喊“脏话罐”！

而妈妈经常不在家。她一连好几个晚上都外出，与比约恩船长约定的两周时间一点点地流逝。我再也没听见他们争吵，那台昂贵的相机也没再让他们吵起来，但也许他们只是没让我听见而已。

钦伊和星星几乎足以让我不去想妈妈出海的事，我越来越擅长记星星的名字。他跟我解释什么是象限仪以及同一颗星星会有上百个不同的神话。作为交换，我告诉他妈妈的研究内容。在他看来，这项研究令人难以置信，他的神话故事在我眼中也同样不可思议。

“鲨鱼，比树还古老？”他摇了摇头，“她要利用鲨鱼阻止人类死亡？”

“这么说不准确，”我说，“是尝试延缓衰老。几年前我的外婆病了，在人们找到治疗方法之前去世了。”

“我很抱歉。”钦伊说，“你妈妈为她做的这些事很了不起。那么，现在人们找到治疗方法了吗？”

我摇了摇头。在毫无收获的第一次夜航之后，情况似乎好了起来。他们每次都会一连出海好几天，跨越广阔的大海，到北极圈甚至更远的地方。

“真是太美了，茱。”她感叹道，“将来我会带你去的。”

我咬住舌头，忍住不问她“为什么不能是现在，为什么不能明天就带我去”。妈妈用她的新相机拍下了虎鲸、座头鲸、海豹，以及各种海鸟，却始终没有提鲨鱼。

事实上，妈妈逐渐变得不那么好相处了。一天，她回来的时候已经是早上了。在那之前我和爸爸去了梅恩兰岛的大超市，买了一盒她最爱的香肠卷。我们把香肠卷摆在餐桌上，还用旧报纸折了个蝴蝶结放在盒子上，这样她一进门就能看见，甚至像举办正式宴会那样摆好了刀叉。

但是当钥匙在锁孔中转动，妈妈走进来那一刻，她根本没注意到我们，更别说香肠卷了。她的眼睛下面一圈黑色的眼袋，像暴风雨中的阴云，身上带有一种让人不安的气息，仿佛不断逼近的嗞嗞作响的闪电。这让我想起面条追逐影子或一些虚无缥缈的东西时的样子，但换作妈妈，这一切就不那么可爱了。她的圆脸消瘦了不少，棱角突出，皮肤变得松弛，甚至有些脱相，就像灯塔弧形房间里不协调的家具。

“嘿，我的小茉，你想我了吗？”她拥抱了我，身上还带着大海的味道。我把脸埋进她的外套里，点了点头。她的橡胶外套发出细小的摩擦声，以前温暖又柔软的后背变得冰冷而坚硬，我试图忽略这一点。

不需要问她是否找到了鲨鱼，我可以从这个拥抱里感觉到她的失落。她也拥抱了爸爸，但没有和我们一起坐下，而是从桌子上拿起香肠卷盒径直上楼去了，嘴里还一边嘟囔着工作的事情，似乎没有注意到掉落的蝴蝶结。

“别在意，茱。”爸爸安慰我，“来点儿意大利面？”但我突然没胃口了。

到了晚上也没好到哪儿去。妈妈直到天黑才出来吃晚饭，她谈到挪威渔民论坛上的格陵兰鲨目击记录，以及研究资金的申请情况，完全没提起我和爸爸。

很显然，她的思绪还飘荡在大海上寻找鲨鱼。当她终于问我问题时，眼神呆滞又恍惚。我知道她很聪明，思维非常敏捷，但她不擅长一心二用。

我们像这样过了几个晚上，之后每隔几天就会收到一个 A4 纸大小的单薄信封，上面写着妈妈的名字：莫拉·法里尔博士。

第一次收到信时，妈妈站在餐桌旁撕开了它。

“来了，丹，快看！”但是紧接着她又陷入沉默，抿着嘴默读信上简短的内容。然后她把信纸揉成一团，扔进炉子里，信纸瞬间烧成了灰烬。

“没有？”爸爸探试地问。

妈妈摇摇头：“资金池里的大鱼还多得是，我总能找到一条。”

我笑了，她已经很久没有说这样傻兮兮的笑话了。虽然她讲的大多是冷笑话，但我非常想念妈妈讲的笑话。后来，我们收到了更多的信，但都跟第一封一样薄。从第三封以后，妈妈就不再当着我们的面拆信了。

我们来安斯特岛已经两个星期了，那天我正在记笔记，妈妈走进来，怀里抱着一大捧鲜花，一只胳膊下面还夹着红酒。

“你爸爸在哪儿？”她在我的头顶亲了一口，没等我回应就冲上楼大喊：“丹！爸爸！女士们需要你！”

听到她的声音，面条立刻跑下楼，她一把抱起面条，然后又随手把她放在桌子上。

“怎么了？”在妈妈把花束散放在面条和笔记本上之前，我迅速拿起笔记本。她总是拒绝多余的包装，即使这样很不方便。

妈妈丁零哐啷地在厨房的抽屉里找开瓶器：“我们要好好庆祝一番。”

“庆祝什么？”爸爸站在楼梯最下面的台阶上担心地看着妈妈。妈妈用夸张的动作拔掉瓶塞，可是我们刚吃过午饭，现在不是喝酒的时候。

“有进展了！”她滴滴洒洒地倒了三杯红酒。

“资金到了？”爸爸走过来，看起来如释重负，但是妈妈挥手不打算回应这件事。

“比这还好。”她把杯子放在我们面前，面条凑上前嗅了嗅，发现这不是她想喝的东西，就跳下了桌子。趁这个时候，爸爸悄悄把我杯子里的酒倒进他的杯子里。

“是鲨鱼？”我拍手叫道，“你找到鲨鱼了！”

“快了，”她说着高举杯子，一脸得意地看着我们两个，“我买了一艘船。”

她喝了一大口红酒，一片寂静中只能听见她的吞咽声。

“一艘船？”我缓慢地重复这几个字，给大脑留出理解的时间。

“莫拉，”爸爸声音微弱地问，“这是什么意思？”

“就是我说的意思，傻瓜。”妈妈又往她的玻璃杯里倒了些红酒，她的手在发抖。我把笔记本挪开，以免被溅到，我一直紧张地看着她。

“比约恩船长说，他等不及那笔资金了，所以我想，我为什么不自己买一艘船呢？”

“因为，”爸爸说，“我们买不起。”

但是妈妈再次无视爸爸，继续兴奋地讲话，她那双大大的眼睛里闪着不同寻常的光。我夹紧交叉放在腋下的双手，抱着自己缓慢呼吸，好像这样也可以让妈妈平静下来。

“在航海方面，我做得和他一样好。”她振振有词，“所以，长远来看，这样更划算。金的旧渔船早就不用了，就那样烂在那儿，而我这里有雷达和产自法尔茅斯的追踪器，用不了一周就可以把一切准备妥当。当然，我需要你们的帮忙，茱莉亚可以帮着做一些修补工作，你愿意吗，茱？钦伊也可以来帮忙。”她期待地看着我。

爸爸沉重地坐下，去握妈妈的手：“也许这不是个——”

她猛地抽回手，“我现在就给大学发邮件，告诉他们我的新计划。”她留给我们一个灿烂的笑容就上楼了。我看向爸爸，期待一句安慰的话或者一个苦笑，这是回应妈妈的计划时他最常有的反应。但这一次，他的脸只是因担忧而皱在一起。于是，我把双臂抱得更紧了。

“给我点儿时间，茱。”他没有看我，跟着妈妈上楼了。我不想再听见他们争吵，于是放下手，拿起黄色笔记本塞进口袋，然后大声喊：“我去找钦伊了。”我没等他们回应，就朝船棚走去，骑上自行车离开了。

我的思绪跟着飞蹬的双腿快速打转。妈妈眼睛里的亢奋，爸爸声音里的担忧，以及每当谈论鲨鱼时，我胸腔里愈发强烈的紧张感。起初，我并没有这种感觉，我和妈妈一样兴奋，但现在她的兴奋里带着一丝焦急，更像是一种绝望。

这种感觉很奇怪，但又似曾相识，似乎我曾经见过她这样。可是记忆已经变得模糊不清，就好像有人在我的大脑上涂了一层凡士林。而掩藏在这一切之下的，是最糟糕的想法，那个背叛她的想法。也许爸爸是对的，买船是一个糟糕的主意，而这意味着——妈妈错了。

到达镇上时，我的腿和肺热得好像在燃烧，脸也火辣辣的，我知道现在我的脸肯定和窗台上的番茄一样红。当我绕过通往镇上的转角时，看到阿德里安和另外两个男孩骑着自行车向我靠近。我低着头往前骑，希望他们能忽视我，吃饭时这招对爸爸很管用，但这次没有奏效。

“这是小花的女朋友！”阿德里安突然改变方向朝我冲过来，我不得不紧急刹车。

“她的体形是小花的两倍。”他的一个朋友噗嗤地笑着说。

“你妈妈不是鲸鱼科学家吗？”另一个高个的鬈发男孩说，“所以她生出你一点儿也不奇怪。”

我瞪了他一眼，把骑车时下滑的牛仔裤往上提了提时。“她是海洋生物学家。”

阿德里安咧着大嘴打了个哈欠，露出稀疏的牙齿。“无所谓。”

我把脚放回自行车脚蹬，但他没打算让路。“劳驾。”我尽量模仿妈妈的语气，是那种当有人插队时她会用的语气，听起来很有礼貌但又暗藏威胁。“让我过一下。”

阿德里安从自行车下来，向前推了几步。我的心猛烈地跳动，可以肯定他也能听见我的心跳。他要打我吗？不会吧，大白天在这条主街上？他绕过我，车轮几乎碰到了我的车轮。

“回见，鲸鱼。”他用嘲讽的口吻说。

我骑车离开，控制住自己不往回看。

我在自助洗衣店的图书室里找到了钦伊，他的父母让我们待在后面的小院子里，并拿来一些牛奶和粗粮饼干。我还没有从遇到阿德里安一伙人的惊恐中恢复过来。

“我们必须想办法对付他们。他们不能这样为所欲为。”

钦伊耸耸肩，脸上露出冷漠的神情，和那天阿德里安来店里时一样。“你只要别管他们就行了。”

“他们就挡在我面前，很难不管他们。也许我们可以告诉金，他不是阿德里安的爷爷吗？”钦伊没有回答。很显然他不想再谈论这件事。我叹了口气，随后打了一个响指。提到金，我想起来找钦伊的原因了。

“金的船？”当我说起妈妈的计划时，钦伊扬起他那像两条黑色毛毛虫一样的眉毛，“他的船又旧又破。”

“我妈妈很擅长修船，”我说，“而且她说，你也可以来帮忙。”

钦伊看起来很犹豫，“我不知道我能帮上什么忙。”

“你从来没试过，怎么知道。”我说，“这是一个实用的维京技能。”

听到这话他的脸瞬间亮了起来。“是啊，我想是这样。需要我做什么？”

大家都说，在梦里闻不到气味，可是那天夜晚，鲨鱼的腥味弥漫在我的鼻腔里。我想睁开眼睛，但是双眼像冰下的玻璃，被牢牢地冻住。每一次呼吸，海水都会灌进肺里。鲨鱼在我的床底下，渐渐变得像我的房间那么大，像灯塔那样大，从深不可测的海里升起，把整个岛从最底部撞裂掀翻。

我的床就像一艘小船，

而鲨鱼如汹涌的潮水，

将我推向无垠的大海

我渺小如一粒沙、一个斑点，一颗灰尘，

一只在无尽夜空中垂死的黯淡之星。

11

灯塔里的气氛沉闷而怪异，像暴风雨来临前的空气。妈妈像是闪电，释放着异常的能量；而爸爸则像雷声，低沉地咆哮着，试图劝她把船退回去。我不知道我和面条在其中扮演什么角色——好像根本没有我们的位置。他们谈论、争吵、发火，都是因为那艘船，实际上是因为钱。但爸爸没有办法阻止妈妈买船。

金用他的老式四驱车把船运到灯塔下的海湾边。

“你手上可真是个大项目啊。”他微笑着说。我也想冲他微笑，但当我看见他身旁的人时立刻收起了笑意。蓬乱的头发下一张闷闷不乐的脸——是阿德里安。他从车上跳下来帮忙卸货，我紧张地后退了几步。

妈妈拍了一下手，双手合十。

“你会发现，这是安斯特岛上最棒的船。”

金轻轻地笑着，阿德里安跟着笑出了声，但他的笑声不怀好意。我知道在大人面前他不会说什么，但直到他们开着车挥手告别，沿着坑坑洼洼的道路颠簸而去，我才放松下来。我们转身看着那艘船。

我能看出，为了我，爸爸故作镇定，试图用轻松的表情掩饰内心的担忧。我也有些担心，其实是非常担心。金很多年都没有用过这艘船了，原因显而易见，它看上去像是被海水冲到鹅卵石海滩上的残骸。船身需要修补。窄小的船舱里，座椅的填充物露在外面。整艘船都散发着鱼腥味，而且根本没有空间放妈妈的那些装备。

“船是有点儿小。”妈妈愉快地说，“但它会比大浮冰号更敏捷，我很快就会追踪到格陵兰鲨了。”

钦伊过来帮忙，妈妈让我俩负责给船身涂船用沥青漆，这让我们的手闻起来像融化的柏油路，手指染上的黑色过了很多天才褪去。爸爸负责检查电路，暂时不用捯饬灯塔，他还是很高兴的。他的办公室里，每天都传出叹气声和咒骂声，灯塔还是没能亮起来，看来进展不算顺利。他花了整个星期安装妈妈需要的软件，并开车去梅恩兰岛买了新的救生衣、信号弹和救援信标[1]。

爸爸离开之前，妈妈告诉他金会来检查我们船身的修复情况，但金根本没有出现过。当爸爸回来询问进展时，妈妈用那种极其欢快的语气回答：“很好！”我咬紧了舌头。

她在房间里忙来忙去，一会儿煮红花豆炖菜，一会儿种辣椒，一会儿又重新翻种泡面杯里的番茄，还吃了很多的香肠卷……她似乎心不在焉却又专心致志。我不禁想起布雷默女士所说的莫扎特——是个天才却难以应付日常生活，妈妈似乎就是如此。

也许她整天都被鲨鱼和找到它的可能性占据了思维，我也是这样。但妈妈不能和我一样感到恐惧，否则，她就不敢开一艘旧船出海寻找鲨鱼了。

最终，这艘生锈的船在来到这儿一个星期后，迎来了

[1] 救援信标，遇险人员求救时发送遇险信号的装置，具有定位功能。

它的航海首秀。

“看起来还不错。”尽管爸爸非常克制，但还是能听出他语气里的赞赏。我也同意他的看法。妈妈把船涂成白色和灰色，这让它看起来像一只海鸥；船的一侧，妈妈用黄色颜料写下波浪形的几个大字，最后一个字略显潦草，笔画有点儿歪，似乎是因为她渐渐失去了兴趣：

茉莉亚和鲨鱼号

当看到我的名字和鲨鱼并列，我的心脏猛地跳了一下。妈妈之前所有紧张的情绪在这一刻都有了意义：我很重要，和她的研究一样重要。

爸爸把船拖进海里，船没有渗水。大家欢呼雀跃，我和钦伊击掌庆祝。

“涂得好极了。”我说，然后给钦伊鞠了一躬。

“有你的功劳，长官。”他也鞠躬回应。

妈妈带着笑意哼了一声：“确实很棒。我们可以邀请金和他的孙子一起坐船出海。”

钦伊不安地退了一步，但妈妈继续说下去："我们来拍张照吧，我去拿相机。"

她飞速跑进屋里，爸爸弯腰抱起面条，任何一张家庭合影里都不能没有面条。

"我们做得很棒，"他说，朝我俩露出一个明朗的笑容，"也许几周后，我们能以一个不错的价格卖掉它。"

我的胃里突然开始翻腾。我没想过留给妈妈找鲨鱼的时间不多了，也没想过我和钦伊在一起的时间也不多了。我没有看钦伊，但他靠近了一点儿。也许他也在和我想同样的事。

一声尖叫从灯塔传出来，爸爸皱了皱眉，还没来得及做出反应，我们就看见妈妈从斜坡上跑下来，她的眼睛睁得很大，宽大的开衫从肩膀上滑落。

"这是你干的吗？"妈妈问，手里拿着什么冲爸爸挥舞。是相机，我借来拍星星的那个。

"妈妈？"

她转过身，把开衫穿好。钦伊后退了一步。

"茱莉亚，钦伊。我想你们应该先回屋。"她说罢转向爸爸，“你用这个了？”

“不是的，妈妈，我——”我咽了下口水，“是我用了，但我没让它淋到雨。”

她按下开关，相机嗡嗡地启动了。它没坏，我的负罪感减轻了一些。

“这些是你拍的？”她的声音很平静，但是又带有一丝难以察觉的颤抖。她翻看着星座的照片。

“是——”我刚开口吐出一个字。

“你删了我的照片吗？”

“没有，我——”我正想否认，突然想起了照片里的田野和鸟群，“可能删了。储存卡满了，但我看了的，都不是重要的照片。”

“不是重要的照片。”妈妈的语气十分冷淡，这比她发火更恐怖。她无助地转向爸爸：“格雷特纳格林，丹。她删掉了我拍的鸟浪照片，那一次鸟浪。”

我不知道这是什么意思，但显然爸爸知道。“莫拉，没关系。你可能在哪儿有备份。”

没等爸爸说完，她已经在摇头了。“我把数据线弄丢了，记得吗？我本来要买一根新的，但一直忙着申请资金，完全顾不上处理。”

“茱莉亚不知道。”爸爸说，“没关系的，茱。是吧，妈妈？”

妈妈背对着我，用力地大口喘气，好像在哭。

“莫拉？”爸爸提醒她。

“现在不行，丹。”她的声音哽咽了。我知道这是我的错。我的眼睛感到刺痛，灯塔在她身后变得模糊，泪水扭曲了眼前的画面，不断漫延着，直到完全遮住我的视线。像鲨鱼流着鲜血游过，让一切闪烁不定、支离破碎。

“要不我们……”爸爸面露歉疚地对钦伊说，“钦伊，要不我们再找个别的时间拍照。”

我不想让钦伊离开，但又不能要求他留下来，因为妈妈明显很伤心。一股尴尬的灼热在我的脸上蔓延开，我低下头，感觉钦伊在看我。

“没关系。”他不确定地问，“那个，我先走了？”

这个问题是问我的，但我不想抬头让他看见我下巴上滴落的泪水。

“下次见，茱莉亚。”

我能感觉到，钦伊用他那温暖、干燥的手轻轻握了下我的手，然后我听到爸爸送钦伊走上斜坡，朝自行车走去的脚步声。当确信看不到钦伊时，我抬头看向妈妈。她弓着背抱着照相机背对我，呼吸声很重。

“妈妈？”

她猛地哆嗦了一下。我仿佛回到了两年前我从攀爬架上摔下来那一刻，所有的空气都挤出了我的身体。

爸爸回来了，他把我拉到他温暖的怀里。“莫拉，茱莉亚需要一个妈妈的拥抱。”

她转过身来，相机被她紧紧地抱在胸口。当她看我们时，目光恍惚，像是从悲剧电影里走出的人物，她的肩膀上笼罩着灰暗和阴沉的光，她的皮肤像鲨鱼皮那样斑驳。

“妈妈？”爸爸提醒道，“莫拉？”

妈妈走上前抱住我，这个拥抱僵硬又陌生，以往妈妈的拥抱会让我感觉像是钻进了温暖的被窝。此刻，我却不知道怎样回应这个拥抱。

“好啦，”爸爸鼓励地说，“和好如初。那我们现在来拍张照？”

“拍照？”妈妈松开我，又看着相机，似乎忘记了还在我们身后的浅滩里浮动的“茱莉亚和鲨鱼号”。

12

妈妈上楼了，爸爸在烧开水。我坐在餐桌旁，内心像钦伊家店里的洗衣机那样翻滚着。爸爸用轻松愉快的口吻起劲地讲话。我能看出，他想让我快乐起来，忘记刚刚发生的事，但是我做不到。

“爸爸，”在他停下来的间隙，我开口问，“格雷特纳格林是什么？”

他的肩膀微微一紧，但声音仍然轻快，他边把茶包放进杯子里边说：“是一个对你妈妈很重要的地方。”我等他继续说下去。爸爸叹了口气说：“那里有过一次鸟浪。”

“鸟浪。”我反复琢磨着这个词，不知道为什么感觉很熟悉。

“鸟群，”爸爸说，“当它们一起飞回栖息地时，有成千上万只，有时甚至有十万只。”

如果我问妈妈，她一定能描述得生动得多。文字是妈妈的强项，爸爸果然只关注数字。

“她把你外婆的骨灰撒在了那里。”他继续说道，“那次鸟浪发生的那一年，她怀上了你。”我看起来肯定一脸惊愕，爸爸立刻补充道：“别担心。她只是累了。你知道的，她累的时候就会变成‘怪兽’。那艘船把我们大家累坏了。”

“但是……”我咬住嘴唇。我不知道怎样表达我的想法，这是第一次。我希望自己能像爸爸那样思考，把我的想法整理成一个结论，用他能轻松理解的等式表达出来。

“真的没事，茱莉亚。”爸爸轻声说。他用温柔怜爱的眼神看着我，这让我很想哭。“怎么了？”

“我好像记起来了……”

爸爸等待着。我低头盯着膝盖，指关节扭得发白。我知道，我必须用他的方式说出来，直截了当、简洁明了。

“她以前也有过这样的情况。”

爸爸的倾听变得很“喧嚣”。你知道，当一个人极其专注的时候，你就能感受到他注意力的白噪音。

我眯起眼睛，回想那个记忆里的画面。妈妈在康沃尔的花园里，像一张皱巴巴的旧纸蜷缩在白蜡树下，她的肩膀颤抖着，我可以听到哭泣声。我哆嗦了一下，抬头看着爸爸，他的脸舒展而温柔。

“我记得，在我很小的时候，她在花园里走来走去，行为古怪，然后哭了。”

爸爸的手轻轻地放在我的头上，似乎想要放缓我飞转的思绪。“你的头脑非常厉害，茱莉亚。那时候你还很小。”

“所以，那是真的？”

“是的。”爸爸的声音近乎耳语，“那时你三岁。还有一次，是在她怀孕的时候。不过这跟你没有关系，茱莉亚。是因为鲨鱼。”

在爸爸说这句话之前，我从没想过是因为我。但是她怀孕的时候，或者我三岁时，格陵兰鲨还没有出现在她的生活里。现在我的心脏开始猛烈地跳动。

“以前她没事，这次也会好起来的。”爸爸说。他把手从我头上拿开，似乎是觉得此刻的沉默代表着我已经好起来了。但事实上我的头仿佛就要从脖子上飞旋出去了。爸爸挤出茶包里的水分后，把茶包放在一边，好让妈妈拿茶渣给番茄施肥，然后他往妈妈最爱的蓝色马克杯里倒了一杯牛奶。“你想把这个端上去吗？”

带着莫名的紧张感，我踩上螺旋楼梯，肚子里的洗衣机开始最后的疯狂旋转。卧室的门关着，面条满怀期待地坐在门外。我挠挠她的脖子，然后把耳朵贴在门上，但是即使妈妈在哭，我也听不到。于是，我敲敲门，没有应答。有一瞬间，我想干脆把牛奶留给面条就离开。但这个想法太傻了，那是我的妈妈啊。

我推开门，面条跟在我后面溜了进去。房间里昏暗沉闷，一个身影在凌乱的床上动了一下。有那么一瞬间，那身影像海里破浪而出的鱼鳍，但我很快意识到，那是妈妈伸出的手。“过来，茱。”

我把牛奶放在床头柜上，爬上床挨着她躺下。尽管毯子已经裹到了下巴，但她的身体还是很冰凉，呼吸里带着股酸味。我紧紧依偎着她，想要在她陌生而瘦弱的身体旁寻找一个舒适的位置。面条跳到我们身上，像根香肠一样伸展着身体。

我试图放松下来，享受和她待在一起的时光。但她的声音充满悲伤，身体过于消瘦单薄，完全像是另外一个人，甚至闻起来也不像妈妈了——她散发着室内压抑的气息。但很快，我提醒自己，她马上就要开船出海了，等她回来，一切都会回归正常。她会没事的，就像爸爸说的以前的情况一样。她肯定会好起来。

我们听着面条发出的呼噜声。有一件事一直困扰着我，像附着在格陵兰鲨眼球上的寄生虫在不断入侵，直到它失明。在这样的黑暗中，我觉得自己可以毫无顾虑地问出这个困惑。

“妈妈？你为什么要对爸爸撒谎？”

妈妈身体微微绷紧，面条警告似的喵了一声。

“什么时候？”

“关于船身，你说金会来检查。”

“哦，那件事。”她再次放松下来，打了个哈欠，尽管现在才下午。“因为金抽不出时间过来，而我想早点出发。反正船没什么问题，对吧？”

“你还不知道呢。”我说。那艘船才刚刚下水。

“我知道。”她说。又听到她如此斩钉截铁的声音真好，所以我没有追问下去。

“每次我提到金的孙子，你为什么会有那样的反应？”她又一次毫无铺垫地从一个想法跳跃到另一个。

“什么样的反应？”

“你想谈谈吗？”

我摇摇头，但是她继续说下去：“我最好的朋友经历过霸凌。她有一双大耳朵，一个高年级的男孩总是揪着她的耳朵，把她拎起来。”

“不是这种。”我惊恐地说，而且钦伊的耳朵是正常大小，“她没事吧？”

“嗯，没事。”她轻蔑地哼了一声，“霸凌者会挑那些他们认为比自己弱小的人来欺负。所以我们找出了他的弱点。他怕蜘蛛，我就花了一个星期找来一些死蜘蛛放在他的衬衫里。”

妈妈挥动手臂模仿挣扎和尖叫的样子。面条不悦地从床上跳下去，我们俩都笑了。妈妈先停下来，叹了口气。我能感觉到房间里的氛围再次变得低沉阴郁。

“一切都会好起来的。”妈妈说。这句话更像是对她自己，而不是对我说的。“我会找到格陵兰鲨。我只是需要有人相信我。”

一阵恐惧拽着我的胃下坠。这些日子，我没有相信她。黄色笔记本上的叉号就是证据。我变得像爸爸一样，只看数字。我需要更像妈妈。于是我说：“我相信你。”

妈妈笑了，但声音很生硬，像一拳打在木头上。“你有一千五百万英镑吗，茱？”她不耐烦地挪动身体，“往旁边挪一挪，你压着我了。”

她的眼帘颤动着慢慢合上，我从床上溜下来，带上了门。然而，此刻感觉更像是妈妈对我关上了门。

这一次，我浮出水面。

这一次，我不再害怕。

天空在我的上方无限延展，

一小群飞鸟在高处翱翔。

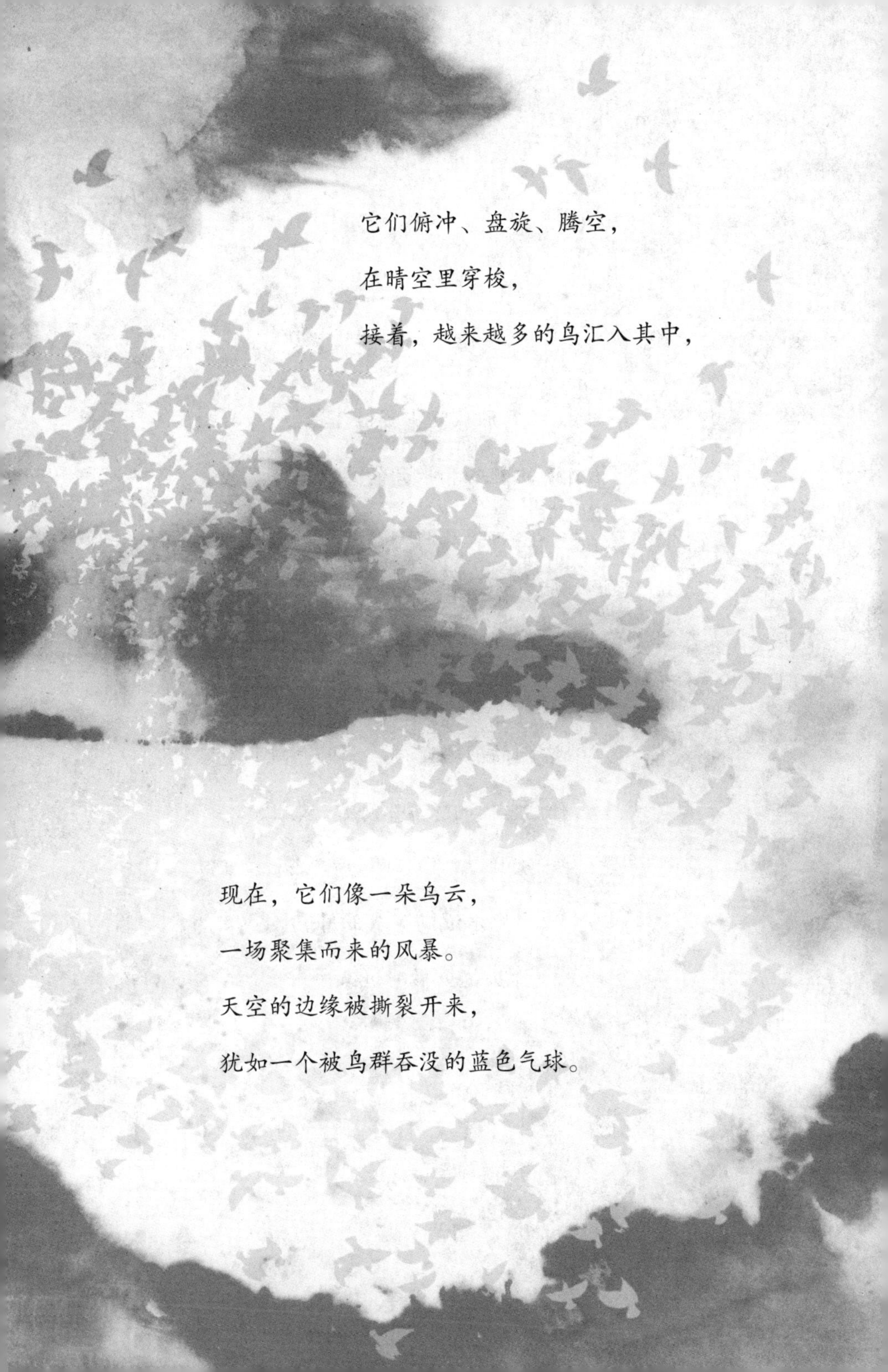

它们俯冲、盘旋、腾空，
在晴空里穿梭，
接着，越来越多的鸟汇入其中，

现在，它们像一朵乌云，
一场聚集而来的风暴。
天空的边缘被撕裂开来，
犹如一个被鸟群吞没的蓝色气球。

它们从空中猛扑下来，
拍打着的翅膀和张开的喙挤满了天空，
我想要推开它们，驱赶它们，
但一切都是徒劳，它们还在不断聚集，
组成了一团庞大的阴影，
突然间，它们仿佛不再是鸟——
它们的羽毛变得软塌而残破，
它们的喙变成了藤壶，
它们明亮的眼睛聚成了一片无边的黑暗。
海水灌满了我的肺，
那头鲨鱼猛冲过来……

13

见证“茱莉亚和鲨鱼号”首航的只有我们一家四口。面条一下子就喜欢上了这艘船，她跳到船头，像船首雕像一样迎风而立，我把这视作一个好兆头。另外一个好兆头是，妈妈让我扭动钥匙发动船，我一次就成功了。

“击个掌，茱！”她说。

我能感受到，她在努力维持笑意。这就是问题所在，她的微笑看起来单薄而脆弱，像戴着一副半透明的面具，而下面是一张愁苦的脸。

我坐在修补好的皮座椅上，爸爸揽着我的肩膀。我在想，他是否也注意到了妈妈的微笑面具。当妈妈开船驶出海湾时，爸爸把我搂得更紧了，他沉重地坐下，闭上眼睛。他不喜欢船，但和妈妈结婚后，这就变成了一个大麻烦。

灯塔很快变成了海上的一个小点。尽管妈妈已经放慢了速度，但船还是开得很快，溅起的水花喷洒在我们身上，很快我的毛衣上均匀地覆上了一层细密的水珠。我贴紧爸爸，当船驶到更开阔的海域，他似乎放松了一些。海面很平静，没有风掀起一丝波澜。他走到船尾坐下，把面条放在大腿上。

妈妈熄灭引擎，把航海地图拿给我看。这是一张巨大的已过塑的航海地图，如果完全展开会铺满灯塔的厨房，所以她把地图折叠成小方形，上面全是妈妈潦草的黑色笔迹，画有许多叉。一阵负罪感突然袭来，我想起笔记本上那些我标记妈妈失败结果的符号。

“这里是上一次看到鲨鱼的地方，是一艘渔船发现的。”她指的那个地方离设得兰岛比我预想的更近。“格陵兰鲨一小时大概可以游半英里，所以以此为半径的这个圆

就是我要搜寻的范围。”她比画出这个区域，相当于地图上两个方格的大小。尽管在地图上看起来很小，但我知道这么大的一片海并不容易搜寻，尤其是当只有她一个人，要在这么大一片海域中搜寻唯一的一只鲨鱼。

“我可以帮你，”我说，“我能和你一起吗？”

“可能不行，”妈妈说，“拿上所有设备后，船上会很挤。”我努力掩饰自己的失落，可其实妈妈根本没有看我。

我既失望又担心。这里的海看起来太大了。在康沃尔的海上，你总能看到陆地，而且朝任何一个方向航行，不是到爱尔兰，就是到英格兰或威尔士。但这里什么也没有，我们的灯塔只是安斯特岛上的一个小点，安斯特岛又是身后地平线上的一个小点，如此渺小、模糊，仿佛我可以用拇指将它从视线中抹掉。挪威在东边的某个地方，冰

岛在西方，但这些地方似乎比妈妈已经习惯的地方更加荒凉，更加遥不可及。

而在深海里的某个地方，有一只游动得比时间还慢的鲨鱼，像一棵树那样缓慢而稳定地生长，愈发古老。

茱莉亚和鲨鱼号的首航似乎带来了好运，第二天爸爸就写完了他的程序。他和妈妈各自喝了一整瓶红酒来庆祝，我们一起来到室外，见证夜幕落下灯塔自动亮起的时刻。但我和钦伊就不能再坐在灯塔上看星星了，不过有时候他还是会过来，和我一起看光束扫过海面，好像在寻找着什么。

妈妈出海的那些夜晚，爸爸醒来时眼睛下面会有像瘀青一样的一大片黑眼圈，而我几乎整夜睡不着，尽量让星星分散我的注意力。再过几天有一场流星雨，因为现在信号灯开始工作了，我和钦伊打算去附近的悬崖看流星雨。

爸爸的工作已经完成，但我们没有提前离开的打算。我注意到爸爸开始给康沃尔的银行打电话，绝大多数晚上我们都吃橱柜烩饭。我内心有一部分坚定地认为我不在乎，只要妈妈能找到鲨鱼，一切都值得；但是也有一部分，更隐秘却也是更强烈的一部分，希望她能够停下来，从海上回来，回到我的身边。

流星雨来的那天晚上，爸爸准许我一个人去悬崖找钦伊，因为我说妮塔也会去。当然啦，这是谎话。我们沿着海岸线骑行，地势逐渐升高，随着灯塔上点亮的信号灯离我们越来越远，悬在头顶的天空渐渐没入黑暗。

钦伊把望远镜绑在背上，我骑车跟在他后面，车前灯映照在望远镜的金属部件上，明晃晃的。（车灯是爸爸坚持让我装的）快到钦伊在地图上指给我的地点时，我闻到了一股味道。是烟味。钦伊突然停下来，我赶紧转向一边以免撞到他。

“怎么了？”

头盔下面，他的眼睛睁得很大，直勾勾地望着前方。他没出声，用嘴型默示：“阿德里安。”

顺着钦伊的目光，我看见悬崖顶上有一小团火，旁边还有三个黑色的人影。我立刻认出了那一头蓬乱的头发。

“我们回去吧。”钦伊嘟囔着调转车头。

“不要。”我说，“我们一整个星期都在期待今天。可以去远一点儿的地方看。”

但钦伊摇了摇头，就在我快要放弃，准备跟他一起回去时，从火光那里传来了叫喊声。

“小花！鲸鱼！”他们站起身，朝我们走来，身影越来越大，越来越近。

“走！”钦伊惊慌地说。但因为背着望远镜，重心不稳，他从座位上歪倒了，裤腿绞进了自行车的齿轮里。

我回头看他，想着现在关闭车灯已经来不及了。在我帮助钦伊解开裤脚时，那群男孩已经离我们非常近了。

“这是谁呀？”阿德里安笑着说。他双臂交叠放在胸前，站在他的两个朋友的中间，在车灯的照射下显得阴森可怕。他们看起来像是从恐怖电影里走出来的人。“理查德，奥吕，瞧瞧，我们发现了谁。”

“严格来说，是我们发现了你们。”我说。

“严格来说。”阿德里安模仿我的语气，理查德和奥吕大笑起来。“好吧，呆子，冷静点。”

“我很冷静。”

“所以，你真的是一个呆子？”

“无所谓。”我说。钦伊扯着我的袖子，但我还是一动不动地站着。妈妈告诉过我，霸凌者总是欺负弱小，所以我要表现得很强大。“至少，我有脑子。”

理查德嘲讽地哼了一声，阿德里安用手肘捅了捅他的肋骨。“鲸鱼竟然有脑子？”

“当然。”我觉得自己的胆子更大了，“比你的大多了，你是傻还是怎么的？”

这次，奥吕也哼笑了一声，阿德里安猛地转向他：“闭嘴。”

“茱莉亚，我们走吧。”钦伊低声说。

“那是什么，小花？”阿德里安走向钦伊指着望远镜说，“把它给我。”

钦伊跨在自行车上向后退：“这是我爸爸的。”

“他不会介意我看看的。给我。”

阿德里安扑了过去。钦伊慌乱地后退，结果摔倒在地上。我听见了不祥的碎裂声。

“啊哦。”阿德里安假装惊恐。我急忙去扶钦伊。

“你敢弄坏它！”我瞪着那群男孩，压低声音说。我感到愤怒在我的身体里乱窜，纯粹、滚烫而猛烈。

“要不我向他的爸爸解释一下？”阿德里安语气厌烦地说，“不过，他能听懂英语吗？”

这次是我拦住了钦伊，我体形比他大，拦住他并不难。

“我会把你的这些话告诉你爷爷。”我说，“他肯定会不高兴。”

“你看我在不在乎。”阿德里安说，“顺便问一句，你妈妈的船怎么样了？它还没沉吗？”

恐惧和愤怒搅动着我的胃。我走向阿德里安，指甲紧紧地扣进手心。“给我住口。”

“她是个怪人，跟你一样。”阿德里安咧嘴笑着说。

“那你妈妈也和你一样是个败类？”

阿德里安收起笑容：“你说什么？”

“她在哪儿呢？”

钦伊拉了一下我的袖子：“茱莉亚……”

“她为什么不和你住在一起呢？”

“闭嘴！”阿德里安的声音低沉且充满威胁性，但里面还有一点儿其他的东西——一个颤抖着的弱点，就像妈妈说的那样。我刺中了它。

“她不喜欢你，所以决定离开了？”

“你胡说！”阿德里安大喊。

“说实话，这确实让人绝望。”黑暗中，我站在悬崖上盯着他，感觉自己无比强大。他的脸惨白，眼皮抽搐着。我继续刺激他，“有一个像你这样糟糕的儿子，确实让人绝望。”

阿德里安崩溃了。

我记不清他打我的过程，只记得自己躺在湿漉漉的草地上，几乎喘不上气，有人把阿德里安从我身上拉开。

“收回那句话！”他尖叫着，声音明显有些哽咽。我躺在地上喘气时，看见他眼里闪着泪光。

“别管她了，阿德里安。”理查德和奥吕拉着他，“咱们走吧。”

他们跑开了，拉着阿德里安回到了火堆旁。

钦伊跪在我旁边：“你还好吗？”

我慢慢坐起身，揉了揉肚子：“我没事，只是有点儿猝不及防。”

“你更让他猝不及防。”钦伊像猫头鹰那样瞪圆了眼睛，“你是怎么知道的？”

“知道什么？”

“她妈妈的事。这有些……”他犹豫了一下，“这有些过分，茱莉亚。”

“他先说了过分的话。”我说。我感到很惊讶，钦伊似乎在责怪我。“他问我妈妈的船沉了没！”

“但船没沉。”钦伊说，“可是阿德里安的妈妈确实离开了他，就在几年前，我们四年级的时候。后来他爸爸也走了。”

“我不知道这些。”

“不过，”钦伊说，他看着我，好像在看一个陌生人，“他爸爸不是个好人。他跟我爸爸讲话就像阿德里安跟我讲话那样，但是他说的那些话更糟糕。他去年也离开了，去了一个油井工作。所以阿德里安现在和爷爷住在一起。”

我费力地站起来，想起阿德里安那张眼泪斑斑的脸，我找到了他的弱点。但又觉得有些恶心。钦伊正在检查他的望远镜。

“没坏吧？”

他沮丧地摇摇头。“我得把它给帕皮。”

我拍了拍牛仔裤上的泥：“我会解释清楚的。”

“不用，”钦伊说，他提高了一点儿音量，“你惹的麻烦已经够多了。”

钦伊骑上自行车，很快消失在黑暗里。他的话在包围我的黑夜里回荡。我咬住颤抖的嘴唇，爬上自行车，微弱的车灯勉强照亮了通向灯塔的路。

越靠近灯塔，周围的环境反而越暗。信号灯又灭了，只有星星的光芒勾勒出灯塔的轮廓。我把自行车停到船棚，走进屋里。一进门，就传来爸爸的咒骂声，妈妈在安慰他，只有面条跑来迎接我。我抱起面条，走上楼梯，当经过爸爸办公室时，妈妈探出头。

“抱歉让你听到这些话，”她说，“我们最好给你爸爸一次不用脏话罐的豁免权。信号灯不亮了。”

“没错，我猜她应该已经注意到了。”爸爸嘟囔着。我看到他站在房子中央的梯子上，红色和绿色的电线像血管一样从他的胳膊上垂下来。

妈妈翻了个白眼。“流星雨怎么样？”

“钦伊没来。”我说了谎，“我现在准备上去看。”

“太好啦！”妈妈高兴地说，让她分心的事太多了，以至于她都没注意到我在撒谎。“我一会儿也上去。带上捕蟹网，让我们捞一些星星。”

这是一个幼稚的笑话，我小时候经常拿着捕蟹网去岩池[1]里捞星星。但我还是带上捕蟹网在观望台上等

---

[1] 岩池，是海边岩石围成的低陷坑地，退潮时，里面会残留部分海水形成一个天然的水池，人们可以在里面找到螃蟹、海星等海洋生物。

着妈妈。

面条觉得无聊，便从我怀里跳走了，溜回屋里。我等了一会儿，天空开始闪烁。一个个明亮的光点划过天空，起初只有一两颗，后来每分钟就有一两颗。我拿起捕蟹网，靠在栏杆上挥舞，想象着一颗炙热耀眼的星星落进网里，它会直接将网烧穿。

突然，一道光从我身后亮起。当灯塔的光束开始缓慢闪烁时，我听到一阵小小的欢呼。我望向大海。大海是那么地广阔，星星是那么地遥远，我手上握着的捕蟹网又是这样渺小。“真傻。”我喃喃自语地扔掉了捕蟹网。

我双手环抱膝盖坐下，希望此刻钦伊能在我身边，告诉我，我看到的是什么星星；希望我能够停止想阿德里安那张愚蠢的、泪迹斑斑的脸；希望此刻胃里翻滚着的火辣辣的内疚感能够平息。

流星一颗颗从天空坠落。

妈妈仍然没有出现。

我从未感到如此孤单。

墙壁在移动，不断地起伏、涌动，墙上的霉斑追逐着向上蔓延，直到整面墙都被大海一般的黑暗覆盖。那庞大、缓慢又势不可挡的鲨鱼开始游动。它冲击着地板，嘎吱嘎吱的响声此起彼伏。它用它那庞大的身躯不断翻拱着地板，直到地板完全破裂。我的床被整个掀起，灯塔也被连根拔起。鲨鱼浮出水面，将这一切带入了大海。

14

第二天，情况变得更糟了。当我下楼吃早餐的时候，妈妈和爸爸坐在餐桌前，表情严肃地看着我。

“坐下，茱莉亚。”妈妈说，“金刚刚来电话了，他说昨晚阿德里安哭着跑回家，因为你拿他妈妈的事嘲笑他。”

爸爸皱着眉头：“茱莉亚，你怎么能这么做？”

“我不知道。我没有！”我说。爸爸怀疑地扬起眉毛。“那是我猜的，因为他和金住在一起。”

“你为什么要这么做？”爸爸问。

“他欺负钦伊。他很坏。”

“那你应该告诉大人。”

“我告诉了，算是吧。妈妈教了我要怎么做。”

“什么？”妈妈看起来很困惑。

“你跟我说了你朋友的故事，你说要找到霸凌者的弱点，所以，我——”

爸爸像一头被激怒的公牛，发出愤怒的声音：“行了，茱莉亚。上楼去，写一封道歉信给那个男孩。”

“但是——”

“没有但是。我们俩之中得有一个人教你什么是对，什么是错——”

“你说什么——”妈妈想打断他，但爸爸继续对我说话。

“上楼。写完了给我看一下。”

学校集会时，我们唱过一首很蠢的歌，歌词里说“风雨过后便是彩虹”。但那一天，那个星期，风雨好像永远不会停止。我不仅被要求给阿德里安写道歉信，还被爸爸禁足了。不过即使没被禁足，我也没有地方可去，因为钦伊还在生我的气。

然而，最让我难受的是妈妈。有一天，爸爸去梅恩兰岛买螺丝刀，妈妈得留在家里照看我，可是那一天风平浪静，是出海的好日子。

“我没多少时间了。”妈妈说。我能听见她的脚踩踩厨房地砖的声音。我躲在楼梯上，拿一本书做掩护，偷偷听楼下的动静。

“你就不能带着她一起去吗？”

“我觉得她更愿意和她的妈妈待在一起。”爸爸说，“你为什么不带她出海？”

“我跟你说过，”妈妈厉声说，“船上没有她的空间，她会碍事。”

我的胃一下子收紧了，好像猛地沉到了脚下的台阶上。我知道最近我让妈妈很心烦，但是直到这一刻我才意识到自己让她有多烦。

“不是让你带她找那麻烦的鲨鱼。”爸爸低声吼道，“我是让你花时间陪陪她。”

"但是我没时间了！"妈妈的声音从厨房冲出来，我听够了她的这些话。我带着铅一般沉重的心情来到观望台。

不久，爸爸就开车离开了。直到午饭时间，妈妈才来找我。在她在螺旋楼梯下喊我之前，我看了海，重读了那本借来的书——我很不想把它还回洗衣店，还看见邮递员来了又离开。

我闷闷不乐地来到厨房，跌坐在椅子上，妈妈正在把爸爸今天早上烤好的面包切成厚厚的面包片，面包的热气弥漫在厨房里。屋里太热了，火炉里的柴火堆得很高，噼噼啪啪地烧着，妈妈的眼镜上已经蒙了一层雾气，但她根本没注意到。

我想说点儿什么，目光游走着寻找合适的话题，最终落在桌子上 A4 纸大小的信封上。信是寄给妈妈的，信封一角印有一个大学的徽标。不可能是好消息，否则妈妈早就满脸笑容、手舞足蹈地跑到楼上告诉我了。而现在，我看到她古铜色的皮肤上泛着红斑，显得很粗糙，她的嘴唇抿成一条线，像那封信一样薄。

"妈妈……"我尝试开口，但不知道该说什么。不过，反正她也没听见，因为她正忙着开番茄汤罐头，把它倒进锅里。在等待煮沸的间隙，她站在那里望向窗外，但窗上的雾气太重了，不可能看到外面。

我假装在读书，书里讲的是希腊众神来到现代，帮助一个小男孩照顾他生病的母亲的故事，但其实我一直在偷偷看她。她像那扇窗一样难以看透，眼睛下的阴影与身后墙壁上的霉斑一个颜色。霉斑在闷热的厨房里不断生长，在我眼前扩展开来，像阿德里安因生气而鼓起的脖子，像墙里有什么东西在呼吸。

妈妈把汤倒进碗里，给面包抹上黄油。

“我们明天可以开船出海，”她突然说，“也许可以找到一些本地的水獭。”

“什么？我的意思是，可以呀。”我有些困惑，但立刻热切地接受了这个提议，“我想去。”

她滔滔不绝地谈论水獭，说它们的毛有多厚，所以根本不会弄湿皮肤，说它们如何用石头做工具打开贝壳。我假装把这些记在笔记本上，但其实，我一直在观察她。她的眼神飘远了，越来越远，好像被自己潮水般的声音冲走，漂向大海。

吃完饭，妈妈开始洗碗，她边冲洗番茄汤罐头瓶边望着窗外。我看着她，直到看见红色的液体沿着水槽流下。

“妈妈，”我叫道，赶紧走到她跟前，“你的手指。”

她木然地低下头。她的手指被罐头瓶划破了，正在流血。

“呀，”她说，身体略微有些摇晃，“抱歉，茱莉亚。”

“你不用道歉呀，妈妈。你需要一个创可贴吗？”

“我自己去拿吧。”她晃悠着，像一个百岁老人那样费力地上楼。我想等她回来，但她一直没有下来。于是我上楼去找她，在他们的卧室里，妈妈穿着衣服躺在床上蜷缩成一个问号，睡着了。

下午六点多，爸爸回来了。他提着一个购物袋，吹着不成旋律的口哨。当我为他开门时，他露出灿烂的笑容。

“门开得正是时候，茱莉亚猫猫。你们出海了吗？”

“没有，不过妈妈说，我们明天去找水獭。爸——”

“太好了！”他把水壶放在灶台上，“那我和你们一起去，我可喜欢水獭了，年轻的时候——”

“爸爸。”

“怎么了？”他环顾厨房，看到洗好的碗和桌子上的信封，重重地叹了口气，然后放下购物袋。“那就说好咯。”他难掩忧伤地对着我微笑，“她还好吗？”

“不太好。她已经睡了。”

“没关系的，茱。她尽力了，这才是最重要的。虽然结果让人遗憾，但现在她总算可以做点儿其他事了。”

“她不想做。”我说，“她只想找鲨鱼。”

爸爸解开购物袋，把东西一件件拿出来：“我觉得她现在需要休息，你觉得呢？”

“我想是的。不过，她从来没有一整天都躺在床上。她是不是生病了？”我察觉到爸爸在回避一些事情，于是继续追问，“她得了和外婆一样的病吗？”

爸爸停下手里的动作：“你为什么会这么想？”

“妈妈说，之前外婆就是整天躺在床上，在那之前，就是……”

爸爸握住我的手："你外婆患有失智症。"

"是的。但是，在患病之前，她是不是也像妈妈现在这样？"

"没什么大事。妈妈只是非常累。"

"她从没有这样过。"我还是紧咬不放。

爸爸迟疑了，用大拇指摩挲着下巴。每当他在脑中搜索合适的词时，就会这么做。我看得出他希望能用数字来解释这件事。"妈妈很聪明，是吧？她的大脑很聪明，但也很复杂，有时会出问题。有时候她很开心，事实上是过于开心了。就像她买到船的那天，记得吗？"我点点头，想起那天的鲜花、红酒，和妈妈过于灿烂的笑容。"同样，一些相反的事情发生时，她也会非常悲伤。"

"这就是为什么她会一直待在床上？"

"我想是的。"爸爸说，"那项研究对她打击太大了，我是说拒绝信。她工作非常努力，大脑已经很疲惫了。"

我点点头，试图理解这一切。爸爸的话以一种奇怪的逻辑解释通了妈妈为什么有时候像跳跳虎那样充满活力，有时候又像毛驴屹耳一样消沉沮丧。[1]“但是，她会好起来，对吗？”

“当然啦。”爸爸安慰我说，“只是需要时间。等我们回到家，她就会放松下来。没什么可担心的，茱莉亚。”

但是他错了。

我确实有必要担心这一切。

[1] 跳跳虎和屹耳都是动画电影《小熊维尼》中的角色。

鲨鱼回来了。

它载着灯塔驶向大海，

驶向更远更远的地方，

那里到处都是冰川，

世界被寒冷冰封。

它用它那树皮一样粗糙的皮肤，

将我的房间紧紧包裹。

它是一块活着的岩石，

一块眼睛深处有晶体闪烁的化石。

盲视的它转向深不可测的海底。

我知道妈妈就在我身边，

安静得像一块石头。

我触不到她，也看不见她，

只能一遍遍地呼喊，

可她毫无回应。

鲨鱼滑入冰层之下，

带着一切潜入深海。

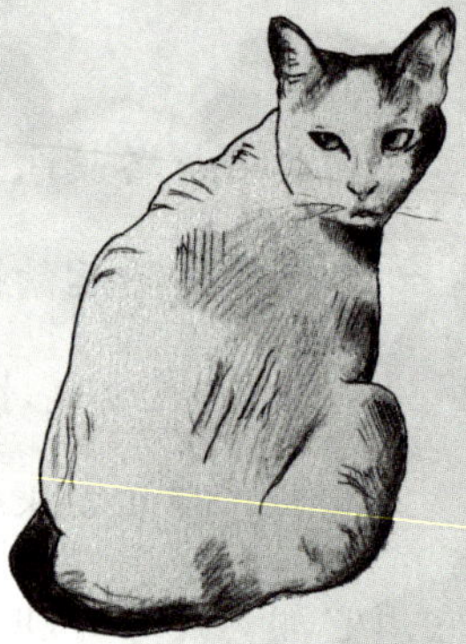

15

“茱莉亚。”爸爸轻轻摇醒我，“抱歉叫醒你，茱莉亚，没事的。”

“什么？”我迷迷糊糊地坐起来，爸爸打开了床头灯，我眯着眼看他。时钟显示零点过十分，但他却穿着大衣，戴着手套，脚上的靴子在地板上留下一串泥脚印。“你出去了吗？”

“你得现在起床。”他说，尽管他的声音很冷静，但房间里弥漫着令人不安的紧张气氛。“没事的，但是我需要你现在穿上衣服，我会把你带去金利先生那儿。我本来想让他过来，但他的孙子还在家里。”

“阿德里安？我不去。”

“没事的，”他又重复了一遍，“他没有生你的气。”

他越强调没事，我感到一定出了什么事的直觉就越强烈。“为什么？”

“我得带你妈妈去一个地方。她会没事的，但是我没法等到明天。”

我低头看了看他的靴子，鞋带没系。“你刚才去哪儿了？”

“起来吧。”

极度的困惑让我不知道该问什么。我笨拙地起身，随便穿了几件不相配的衣服，带上笔记本，就跟着他下楼了。面条喵呜地叫着，不停地蹭我们的脚踝。

“我能带上她吗？”

“我们很快就会回来，”他说，“而且金利先生的孙子对猫毛过敏。”

他当然过敏，我一边不满地想，一边弯腰抚摸面条的耳朵。

“我已经把猫粮倒上了，茱莉亚。”爸爸说，“抓紧，没时间了。”

看来这件事真的很严重。以前不论我们去哪儿，哪怕只是出去一个晚上，也总是有足够的时间抚摸面条直到她安静下来。衣帽架上，妈妈的大衣还挂在那里。

“爸爸，”现在我真的害怕了，“妈妈在哪里？”

“在一个安全的地方。”爸爸说，“拜托了茱莉亚，我得尽快回去。”

“回去哪儿？”

他已经大步走下车道，走向车子，我犹豫了片刻，然后迅速取下妈妈的防水外套，踉跄地追上爸爸，随手带上了身后的门。

金利先生就住在他家商店的楼上。像康沃尔家里我的卧室一样，房间里很温暖，家具上摆满了贝壳。空气里还有点儿烟草和鲱鱼的味道，这种味道比听起来要好闻得多。我到他们家时，阿德里安在睡觉，这让我松了一口气，因为我看起来像是摸黑穿的衣服——实际上也确实如此。

“谢谢你，金利先生。”爸爸说，“就今晚，我明天早上来接她。”

“没关系，”金用他那温和而低沉的声音说，“我的玛丽也有她的困扰，我能理解。孩子在我这里，你放心。”

爸爸抱了抱我，随即又跑进雨里。我震惊地发现他停车后没有熄火。出于环保的目的，他从来不会这样，从来不会。在康沃尔的时候，他和妈妈甚至会当面劝说接孩子放学的家长，为了减少不必要的废气排放，停车时要关掉发动机。这说明，现在这件事确实很紧急，比气候变暖还严重。

金把沙发铺成一张小床，还拿来一个可以在墙上投映出海豚图案的小夜灯。“这是阿德里安的最爱。”他眨了一下眼，“如果他知道我偷偷用它，肯定会不高兴。”

我想记下这件事和钦伊分享，但是又想起来，我们已经不是朋友了。想到阿德里安此刻就在这里，我有点儿不舒服。“他……”

“他睡了。你不用担心那天在悬崖发生的事。我会看好他，不过关于他的爸妈……”他没有继续说下去，“我希望他能振作起来，不要像他的父亲那样。

“发生什么事了？”我小心翼翼地问，“我妈妈还好吗？”

“她在一个最好的地方。来，我给你冲一杯牛奶。我就待在书房。”他指着一扇打开的门说。那是一间很小的房间，我没有看见床，只有一把盖着毯子的扶手椅。

“阿德里安在我的卧室。如果你有事找我，就敲门。”

他轻轻关上门，我在沙发上躺下。沙发很宽，有些凹陷。我看着墙上跳跃的海豚。尽管我确信自己永远都睡不着，但睡意还是拖着我的身体下坠，很快整个世界都消散了。

我昏昏沉沉地睁开眼睛。日光透过窗帘照射进来。阿德里安正坐在房间另一头的餐桌旁，疑惑地打量着我。

我坐起来，想用手指理顺头发。

“早上好，”金一边搅拌汤锅一边愉快地打招呼，“来点燕麦粥？我喜欢放盐，但阿迪[1]喜欢加草莓酱。”

我尽可能坐得离阿德里安远一点儿，但这个桌子比灯塔的还要小，所以实际上我们离得没多远。金盛了一碗粥放在我面前。

“谢谢你。”我吹了吹还在冒热气的燕麦粥，“爸爸打电话来了吗？”

“他 10 点左右会过来。很抱歉这么早就叫醒你，我得去开店，在这之前，我想让你吃上早餐。”

我点点头，急切地想问妈妈的情况，但我不想在阿德里安面前问。

“要果酱吗？自制的。”金眨眨眼。

我犹豫地接过果酱，舀了一勺。

“你得把它搅在粥里。”阿德里安看着我。他似乎在努力表现得友好。我搅了几下，尝了尝。

“好吃吗？”

[1] 金对阿德里安的昵称。

我点点头。我必须承认，味道确实很好。

“好了”，金看看表说，“我要去开店了。我想阿迪有事要跟你说。如果你们需要什么，就到楼下找我。”

他关上门，脚步声逐渐消失在楼梯上。阿德里安一直盯着自己的空碗。

“对不起。”他说。我眨着眼睛，吃惊地看着他。

“什么？”

“对不起。”他提高了一点儿音量说，“我今天会去找钦伊，跟他道歉，我以前是个白痴。”

我惊讶得说不出话来。

“这不是借口，”他盯着自己的勺子，继续说，“我想，可能是出于忌妒。”

“忌妒钦伊？”

“还有你。”他耸了耸肩，“你们的父母。他们很关心你们。”

我的喉咙像是被什么东西堵住了。那一刻，我不能确定他说的是真话还是谎话。

“不管怎么样，”阿德里安紧接着说，“对不起，这是我的真心话。还有，你妈妈的事，我也很抱歉。”

“我妈妈的什么事？”

“医院的事啊。”

我的心猛地一紧，疼得厉害。“什么？”

他有些犹豫：“她在梅恩兰岛的医院里。”

我感觉到我的嘴巴张大了。“医院？为什么？”

阿德里安看起来十分惊恐，脸色煞白。“我以为你知道，”他说，“我听到我爷爷和你爸爸打电话，说她吃了很多药——”

“药？”这一点儿也说不通，我问，“你是什么意思？”

“我……”阿德里安像是想在自己的碗里找到合适的词，“没什么。”

“告诉我！”绝望让我难以控制自己的音量，他吓了一跳。

“茱莉亚——”

“告诉我！”我猛地向后推开椅子，椅子腿挂住地毯，嘭一声倒在地上。我踉跄地走向阿德里安，急切地想让他解释清楚。他跳起来，把自己的椅子像盾牌一样挡在我们之间。我知道我吓到他了，但我不在乎。

“我就知道这么多，我发誓！”阿德里安畏缩着说，“她吃了药，很多片药。”

巨大的轰鸣声在我耳边响起。眼泪刺痛我的双眼，我连说话的力气也没有了，只剩下细弱的低语，像海螺里大海的声音：“她……她想要……”

我无法说出那个词，甚至不敢去想。这不是妈妈，不可能是我开朗、可爱、聪明的妈妈。但是，她最近确实变了，不是吗？她越来越消瘦，脸也变了，甚至闻起来都不一样了。我的手开始发抖，于是我紧紧地握住拳头。

“其他的我就不知道了，真的不知道。她必须去医院。”

“我必须走了。”我的声音被耳朵里的轰鸣声淹没，像海浪猛烈地冲刷沙滩，眼前的景象如鲨鱼的皮肤一样斑驳模糊。

“不行，”阿德里安说，“你得待在这里。我去叫爷爷。”

“我现在就要走。”眼泪淌进我的喉咙里，仿佛海水从我的身体里不断涌出，就要将我吞没了。墙壁开始扭曲变形，我似乎被困在了梦境里。那条鲨鱼在这里，它找到了我。

“坐下，茱莉亚。”阿德里安的手轻轻地触碰我的肩膀，我粗暴地推开他。

“我要走。”我咆哮着。阿德里安做出投降的手势。

“你可以骑我的自行车，”他说，“就在外面，如果爷爷看见你——”

“不会的。”

妈妈的外套随意地搭在沙发上，皱巴巴、空荡荡的。当我穿上它时，不禁打了个寒战。灯塔的备用钥匙还在口袋里，和船的钥匙扣在一起，我紧紧握住它，直到手心感到疼痛。

“你真的不想待在这儿吗？我可以把钦伊找来……”

但是，钦伊会来吗？他已经表现得很明显了，他讨厌我，因为我对阿德里安说了那些话。如今一切都在崩塌，好像我在悬崖顶扯断了那根串联一切的线。但是崩塌、破碎的是我的生活。我说阿德里安的妈妈因为他而离开，现在我的妈妈却要……

是因为我吗？那天爸爸在厨房里说的话浮现在我的脑海："这跟你没有关系，茱莉亚。"但是成年人总是说谎，爸爸是不是也在说谎？这个可怕的念头让我难以忍受，一定还有其他的解释。墙壁在颤动，我像是站在一艘船上，脚下的地板起伏摇晃着。我的心脏剧烈快速地跳动。鲨鱼。鲨鱼。鲨鱼。

"我真的觉得你应该待在这里。"阿德里安紧张地说。他好像很怕碰我。"你看起来不太好。"

我摇摇头，试着深呼吸让自己的心平静下来，但心脏仍然狂跳不止，像是要冲破喉咙。我必须离开这个狭小的房间，远离阿德里安。我想和妈妈或者爸爸待在一起，但现在只有面条能陪伴我。我将外套紧紧地裹在身上，打开那扇嘎吱作响的门，飞快地冲下狭窄的楼梯。

我跑到商店里的一处角落，躲在高大、杂乱的货架后面，金忙于招呼顾客，很容易就能从他身旁溜走。像阿德里安说的那样，他的自行车停在门口，没上锁。马路对面，洗衣店的门关着，窗户上蒙了一层雾气。我渴望看到钦伊，希望我们的关系能好起来。是什么时候开始，一切变得如此糟糕？我的心脏猛地一沉，骑着自行车离开了。

16

我知道妈妈爸爸不在这里，但当我用备用钥匙打开生锈的锁，推门走进空荡荡的厨房时，还是感到失落至极。面条围着我的脚踝蹭来蹭去，发出呼噜声，我耐心地给她的碗里倒上食物和水，尽量让自己不去看墙上的霉斑。当我一步两个台阶上楼时，手仍然在发抖，身子还有些站不稳。

我在他们的卧室门口停下来。那天妈妈蜷缩在床上睡着后，我再也没有进去过。我犹豫着，但面条已经吃饱了，爬上楼梯，用鼻子探入门缝钻了进去，她跳到桌子上，躺下翻过身，想让我给她挠挠肚子。我跟着她走进房间，强忍住眼泪环顾四周，寻找线索。究竟发生了什么事？为什么她会这样做？

“我该怎么办？”我喃喃地问面条，微弱的声音还在颤抖。她喵呜地回应，我走到桌前。桌子上铺满了拒绝信，但有一样东西打破了这单调的黑白。那是一张照片。

照片是妈妈更年轻的时候拍的，她穿了一身蓝色的碎花裙，披散着头发，双手抱着隆起的肚子——抱着我。

她正要转身逃避镜头，所以脸有些模糊，但还是能看清她的表情。空洞的眼睛里溢满了悲伤，就像前几天那样。我记得爸爸说过，在外婆去世后，妈妈陷入悲痛，那时她正怀着我。但照片上的她看起来不只是悲痛，她好像被抽空了，干瘪了。

我不禁打了个冷战，想把照片藏进抽屉最下面。当翻过照片时，我看到背面用绿色墨水潦草地写着几个字：

再也不要。

我觉得自己快要窒息了。这就是证据，我永远不想看到的证据……她的意思是，再也不要小孩？

她指的是我？

咚咚咚。

我冲下楼梯，急切地去开门。也许是爸爸，甚至有可能是妈妈——

“比约恩船长？”

他放下了准备再次敲门的手。

“茱莉亚，”他用温柔的声音说，“你妈妈在吗？”

想到妈妈说过比约恩船长不相信她的研究，我瞪着他说：“她不在。”

“嗯，那她会很快回来吗？”

“不会。”

“真不走运。”他说着叹了一口气，“不走运呀。有什么方法能联系到她吗？”

“没有。”我眯缝起眼睛，“为什么找她？”

“是鲨鱼的事。”他说。我屏住了呼吸。“有人在离这儿不远的海域看到了一只。它可能正在海面下徘徊，寻找猎物。我很想自己去查看，但我马上就要出发去奥本了。”他递给我一张纸条。“我写了坐标。它现在的位置会稍微有些偏差，但不会离太远，因为它游得非常慢——”

“每小时半英里。”我说，声音还有些发抖。

他点点头。“没错。如果她在一个小时内出发，很有可能会在今晚找到它。”

我双手颤抖着接过纸条。比约恩船长对我微笑，刚要离开，又折身回来。

“你能代我向她说声对不起吗？”他苦笑了一下，“我过去怀疑过，但……真遗憾，那些大学不肯资助她。如果可以，我愿意继续免费为她工作，但我也有自己的员工，所以这不只关系到我的家庭，我们都要赚钱生活。”

我的整个身体都在战栗，感觉耳朵里灌满了水，地板依旧在摇晃的。比约恩船长皱了皱眉：“你不是一个人在这儿吧？”

“不是，”我撒谎说，“我爸爸在楼上。”

“我能跟他说说话吗？”

“他在工作。”我赶紧说，“得专心，不能被打扰。”

“那好吧，”比约恩船长说，“祝你们好运，茱莉亚小姐。我希望能和你的妈妈重新成为朋友，也希望很快能再来吃晚餐。那天的橱柜烩饭很美味。”

他留下一个温暖的微笑，然后离开了。我关上门，展开他给我的纸条。

我突然明白了为什么爸爸觉得数字很美。这段日子妈妈一直在寻找的鲨鱼，就在这里。我轻轻抚摸纸条，然后在妈妈的外套口袋里翻找，拿出茱莉亚和鲨鱼号的钥匙。

耳边的轰鸣声停止了，地板也不再晃动，但我的心跳像战鼓一样，鼓点密集。我想象着那只鲨鱼在我的下方缓慢地游走，比时间还慢。它已经跟着我来到了陆地上，现在我要追随它回到大海。为了妈妈，我会找到它。我会向她证明，就算所有人都质疑她，我还是会相信她。我可以做得更好，我要让妈妈为我感到骄傲，让她因为有我这个女儿而高兴。我知道我该做什么。

17

茱莉亚和鲨鱼号浮在海面，像海鸥一样轻轻摇摆。我抱着面条，蹚入海水朝它走去，爬上船后收起锚放到船尾。当拿出比约恩船长给的写着坐标的纸条时，我的心里被希望填满。

63°30'31.7"N 0°29'17.1"W

我将它夹在那幅折起的地图旁的写字板上，小心谨慎地把这些数字输入导航系统，每个数字都至关重要，任何一个微小的误差都会造成数英里的偏离。

仪表盘亮了起来，面条跳到皮质座椅上，发出满意的咕噜声。有那么一会儿，我感到不知所措，所有的指示灯都在闪烁，指南针转了起来，雷达哔哔地响，我按妈妈教我的那样，做三次深呼吸来平复心情。

“大部分按键都不重要，”她曾告诉过我，“你只需要记住，按这个是走，这个是停，这个是转弯。还有这个，按这个代表需要帮助。”

我转动舵轮，让船离开海湾，驶向广阔的大海。我一直没有回头，眼睛盯着不断后退的海平线。大约过了一个小时，船舶电台响了起来。

“茱莉亚和鲨鱼号，我是港务长。请确认你的目的地。”我慌忙抓起对讲机，按下发送按钮，尽量用低沉的声音模仿妈妈开船时讲的那些话。

“听到，港务长，这里是茱莉亚和鲨鱼号。”

“你的目的地是哪里？”

我犹豫了片刻：“奥本。”

“请注意，你即将遇到强烈的西南风并进入高气压区。建议返航。”

我并不打算去奥本，所以根本没有理会这个隐忧。

“不，”我学着爸爸最喜欢的电影里潜艇船员的口吻回复，“走这条航线，我们很有信心。”

“了解。”港务长说，“祝您一帆风顺。”

“收到。”我回复，对讲机里传来一声轻笑。

“其实我是皮特[1]，”那个声音说，“请保持电台畅通。”

船在平静的海面上快速航行，留下一条泛着泡沫的尾波，但很快又消散在水里。当我回头看时，陆地不见了，眼前只剩下茫茫的大海。

在这样靠北的地方，夏季的白天很长，而我正朝北极的方向前进。比约恩船长说，妈妈会在今晚找到鲨鱼，我也可以做到。

我们的食物储备很有限：一根已经变软的表皮呈棕色的香蕉，一个我在水果盘里找到的同样软的橘子，还有橱

[1] 这里港务长开了一个小玩笑。茱莉亚回复“收到”，用了 Roger 一词，这是无线电通讯中的标准用语，但过于正式，听起来不够自然，并且 Roger 也是常见的人名。所以港务长觉得有些好笑，并幽默地回复“其实我是皮特”。

柜里剩的两罐油浸沙丁鱼罐头。多亏了康沃尔的家里没有电视，我早就习惯了无聊，但实际上，当你独自一人带着猫待在大海中央时，很难感到无聊。

尽管我努力掌控思绪，但它仍像鱼鳍划破水面那样，穿过其他想法，不断地绕回妈妈那里。如果我能找到鲨鱼，然后告诉妈妈这个消息，她就会好起来，会高兴起来，再次变成那个我熟悉的妈妈。

即使是救援人员，肚子也会饿。早上吃燕麦粥确实是个好选择，直到仪表盘上的时钟跳到下午 3 点，我的肚子才开始咕噜叫。面条也开始喵呜喵呜地叫，她竖起毛让自己暖和一些。因为身上沾满了海水，它摸起来黏糊糊的。

我们已经在海上航行超过 6 个小时了。爸爸会在 10 点去找金，他应该已经回灯塔看过了。我才意识到我应该留个字条，但是已经太迟了，而且当时时间很紧张。还有好几个小时才能找到鲨鱼。内疚感纠缠着我，我不去理它。爸爸会没事的，我需要担心的是妈妈。

我的肚子又叫了，于是我检查了舵轮，确保它固定在正确的方向上，然后坐在椅子上把食物拉到我们面前。我知道我最好先只吃一点儿，留一些晚点儿或回程时再吃。但我发现香蕉和橙子都没了，面条还把一罐沙丁鱼罐头舔得干干净净，而且叫着想要更多，所以我和她分了剩下的一罐，然后用手指把罐头里面刮干净。

“我们不应该这样做。”我对面条说，但是她只顾着弓着身体舔自己的屁股。我猜，猫并不关心合理分配。

虽然天色还很亮，但已经开始变冷了。我在座椅下的储物箱里为面条找到了一条毛毯，还有爸爸给妈妈买的信号弹，以及一整盒香肠卷。我感激地将它们放在舵轮旁伸手就能够到的地方。当我正要盖上储物箱时，我看到一板药片，已经空了。想到阿德里安说，妈妈吃了很多药，我的胃里开始翻涌。我把药片板扔到储物箱的角落，然后嘭地盖上盖子。

面条钻进毛毯，扭动着身体从发霉的布料里只露出粉红色的鼻子。我把一只手夹在胳膊下面，用妈妈外套的长袖子遮住握着舵轮的另一只手。我想象着自己就是妈妈——勇敢又聪明，于是，我不再战栗。

时间缓慢流逝，只有一些海鸥和几只海豹经过。我双臂交叉抱在胸前，看着导航系统的指示灯一闪一闪的。雷达轻微的蜂鸣声像一首摇篮曲，一起一伏的海浪轻轻摇晃着我。我把头微微后仰想休息一小会儿。

船舶电台又响了起来，那声音像是在用锡箔纸蹭我的耳膜。我颤颤巍巍地站起身，被在毛毯绊了一下，面条喵呜地叫了一声。

“面条，”我责备她，“你为什么不叫醒我？”她眼睛发着光看向我。

天已经黑了，完全进入夜晚，但是天上一颗星星也没有，只有厚厚的云层。我希望，能找到陀鲁婆星，那颗极地星、北极星、导航星。

我看了下时间，23:39，坐标是 63° 30′ 31.7″ N，0° 29′ 17.1″ W。

“我们到了，”我边说边查看地图，“我们到了！”

我大声喊着，声音在空气中飘荡了

一会儿，接着渐渐消失在寂静中。我咽了口唾沫，环顾四周，周围什么也没有。我仿佛置身于一个没有任何人存在的世界，仿佛漂浮在宇宙中。

我的牙齿止不住地打战。船摇晃着，却再也不像一个舒适的摇篮。我对着死寂说话，想用声音打破它。

“该启动雷达了。”我告诉面条。船舶电台又开始刺啦刺啦响，我没去管它，集中注意力调整旋钮，查看深度测量仪——500 米。我又咽了口唾沫。这是非常深的海域。

海浪愈发汹涌，茱莉亚和鲨鱼号像打水漂扔出去的石头一般在海上颠簸。远处一道闪电划过，片刻后我就听见了雷声。那是港务长警告的风暴。但是它在很远的地方，我们相隔好几英里，不会相遇。

“我们会没事的。”我对面条说，“我们会没事的。”

她自顾自地舔着爪子，毫不关心，这让我稍微平静了一些。

船灯摇晃着照射在翻涌的海面上。海浪托着船剧烈地上下颠簸，船身重重地拍打着水面，每次落差都有好几英尺[1]。我不安地想，真希望当初妈妈能请专业人员给船身上漆，而不是指望我和钦伊。不过，这段时间船一直是可靠的，很结实，如果不够结实，爸爸也不会让她出海。话说回来，爸爸以为金检查过了，但我知道金没有。

又一道闪电划过，它离我更近了，我确信这不是我的幻觉。这次我没有听见雷声，但是风更猛烈了，在我的耳边咆哮，拉拽着妈妈的外套，把绳扣抽打在我的脸上。

“我把你放在这儿。”我对面条说，抱起她放在脚踏板的后面。她又往毯子里面钻了钻。

我试图控制住发抖的手。茱莉亚和鲨鱼号的灯光扫过大海，夜空中仍然不见一颗星星，它们被厚厚的云幕遮住了，头顶上的黑云还在不断累积。

我打了个寒战，港务长说是西南风，也许他搞错了，或者我没听清楚，因为闪电在不断靠近，照亮了翻滚着的没有尽头的海洋，连凄厉的狂风都盖不住雷的咆哮声。雷声如此巨大而强烈，我不仅能听到它，也能感受到它正在

[1] 1 英尺等于 0.3048 米。

我的脚下滚动。

突然间，那种要找到鲨鱼的坚定感消失了。我到底做了什么？带着面条来到大海中央，寻找一条连妈妈都找不到的鲨鱼。

灼热而尖利的恐惧感席卷了我的全身，没有给曾经的坚定留下一丝空间。我应该待在金那里等爸爸回来，从他那里得到我想要的答案。一阵尖锐的声音刺入我的耳膜，我意识到那是我在尖叫，像一只被困住的狐狸那样无助地尖叫，这比即将来临的风暴更让我害怕。我闭上眼睛，我不能在这里失控。这是一个没办法醒过来的噩梦。

“我们必须走。”我大声喊道，好让声音听起来更真切，“我们必须回去。”

另一道闪电划过，灼痛了我的眼睛。面条尖叫着，声音几乎和雷声一样响。

“没事的，”我跪在导航仪下面，用身体紧紧贴着她，“我会带你回家的，一切都会好的。”

我摸索着找到一个信号弹，将它发射到天空。

闪电鞭打着海面，海浪滚滚而上，紧接着开始下雨。但这雨不是平时那样，先警告性地落下几滴，而是像有人突然往船上倾倒了一大桶水，我立刻就感到水在我的脚踝周围摇荡。

我抱起面条，把她放进椅子下的储物箱里，放在妈妈的香肠卷旁边。

我试图用一个空水桶把水从船里舀出来，但一碰到水，我的手指就立刻冻僵了，一切都是徒劳的。我在湿滑的甲板上摔了一跤，头撞在座椅上，太阳穴碰到了下面的硬塑料垫，这让我瞬间头晕目眩起来。我丢下水桶，它在摇晃的水面上浮浮沉沉。我的腿已经失去了知觉，鞋子湿透了，头也开始发烫。舀水已经毫无意义，现在最好赶紧离开这里。

我伸手去够舵轮，正要转动它时，雷达哔哔地响起来，我怔住了，盯着屏幕，任风刺痛我的脸。

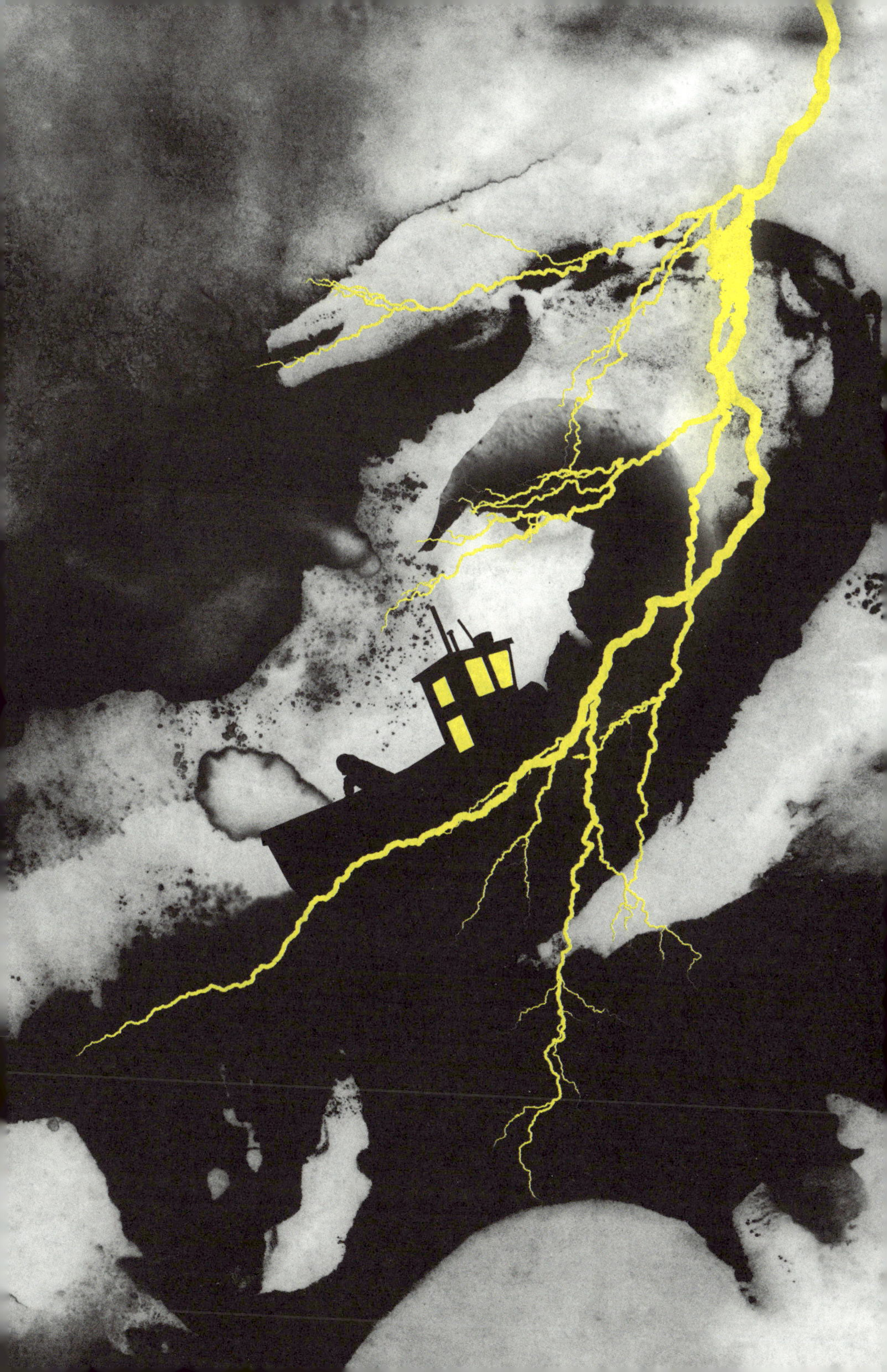

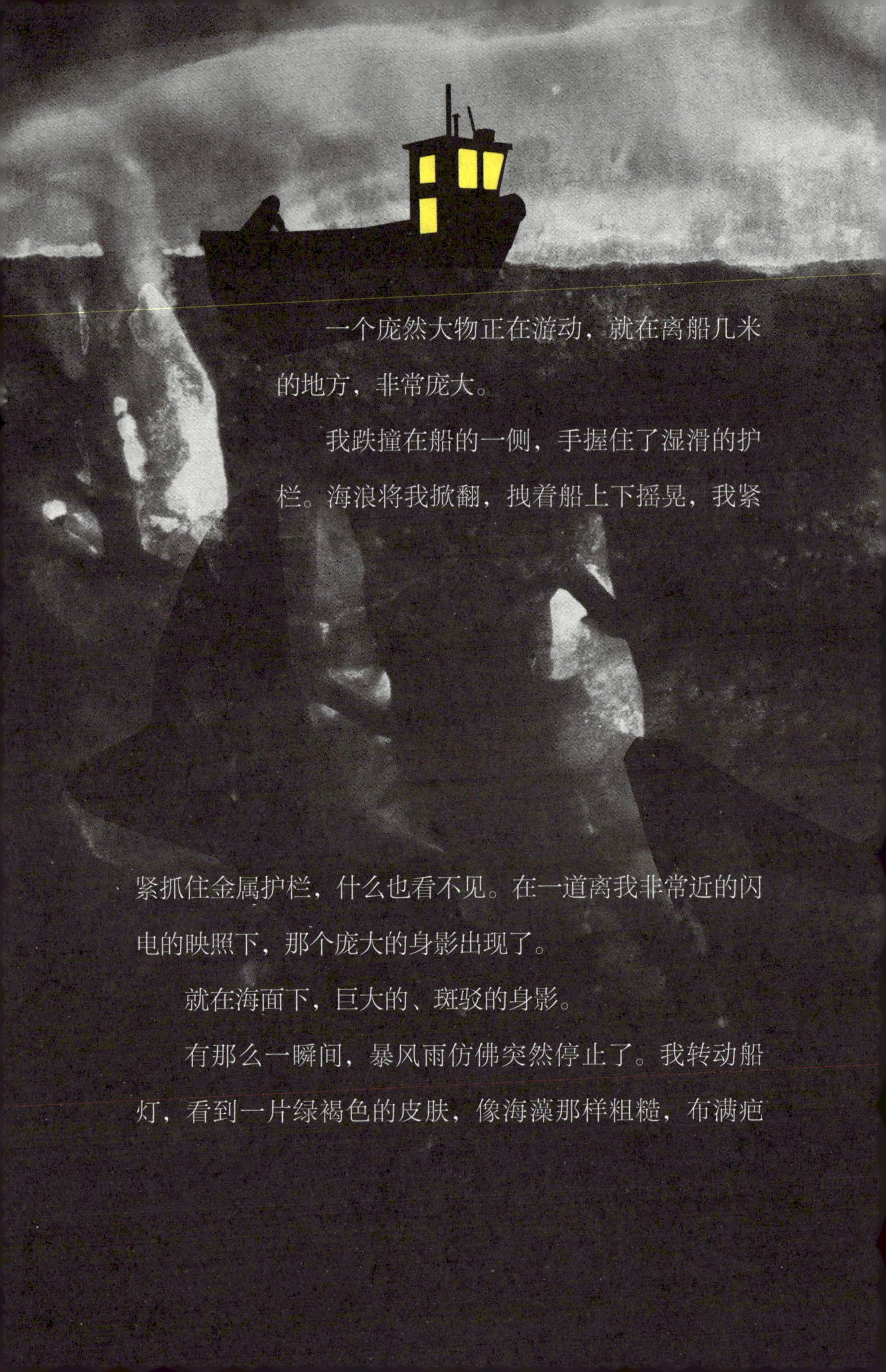

一个庞然大物正在游动，就在离船几米的地方，非常庞大。

我跌撞在船的一侧，手握住了湿滑的护栏。海浪将我掀翻，拽着船上下摇晃，我紧紧抓住金属护栏，什么也看不见。在一道离我非常近的闪电的映照下，那个庞大的身影出现了。

就在海面下，巨大的、斑驳的身影。

有那么一瞬间，暴风雨仿佛突然停止了。我转动船灯，看到一片绿褐色的皮肤，像海藻那样粗糙，布满疤痕。它似乎遥不可及却又无比真实，那气味刺激着我的嗅觉，像是一记耳光。那是一种强烈、腐臭的，又充满生命力的气味，野性又古老。

格陵兰鲨。

我松开船灯，它开始疯狂地摆动，灯束在水面上拖出一条粗线。鲨鱼大得几乎没有尽头，它的身体似乎还在不断延伸，直到整个海洋都成了它——绿色的，因时光侵蚀而斑驳的鲨鱼。我发誓，我看到了它的一只眼睛，幽黑明亮，有厚厚的晶体，那眼睛转动着避开船灯的光线。

接着，它慢慢地、

慢慢地潜入了水中。

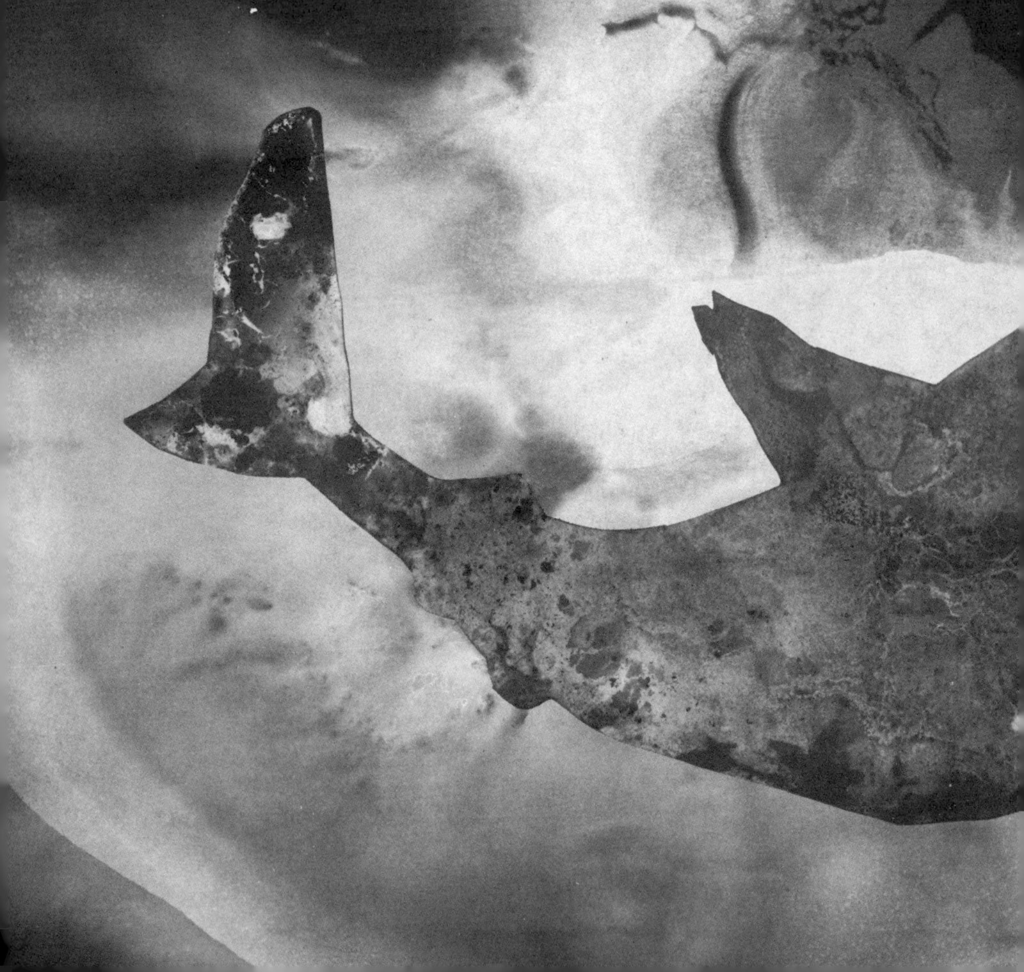

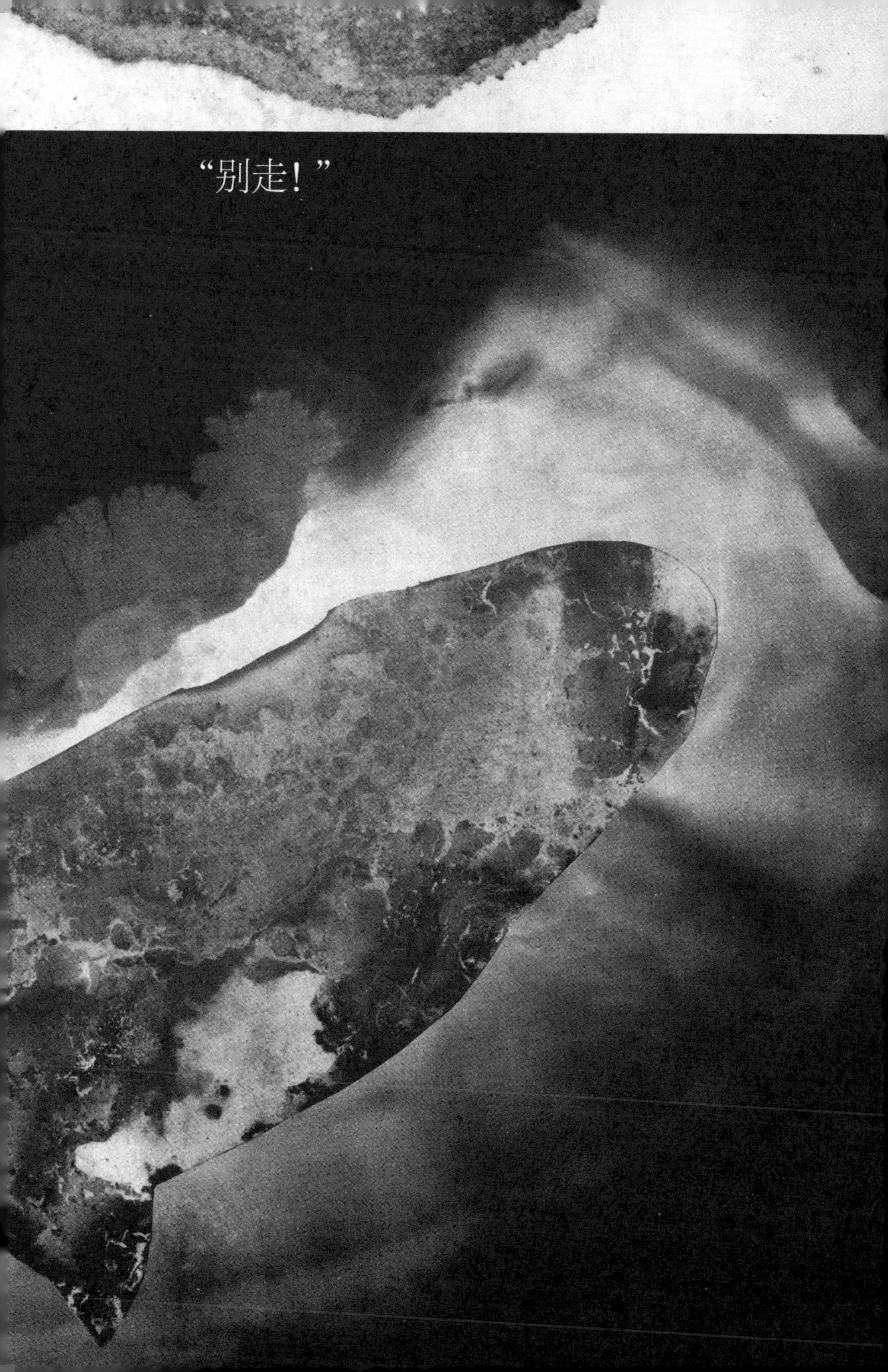
“别走！”

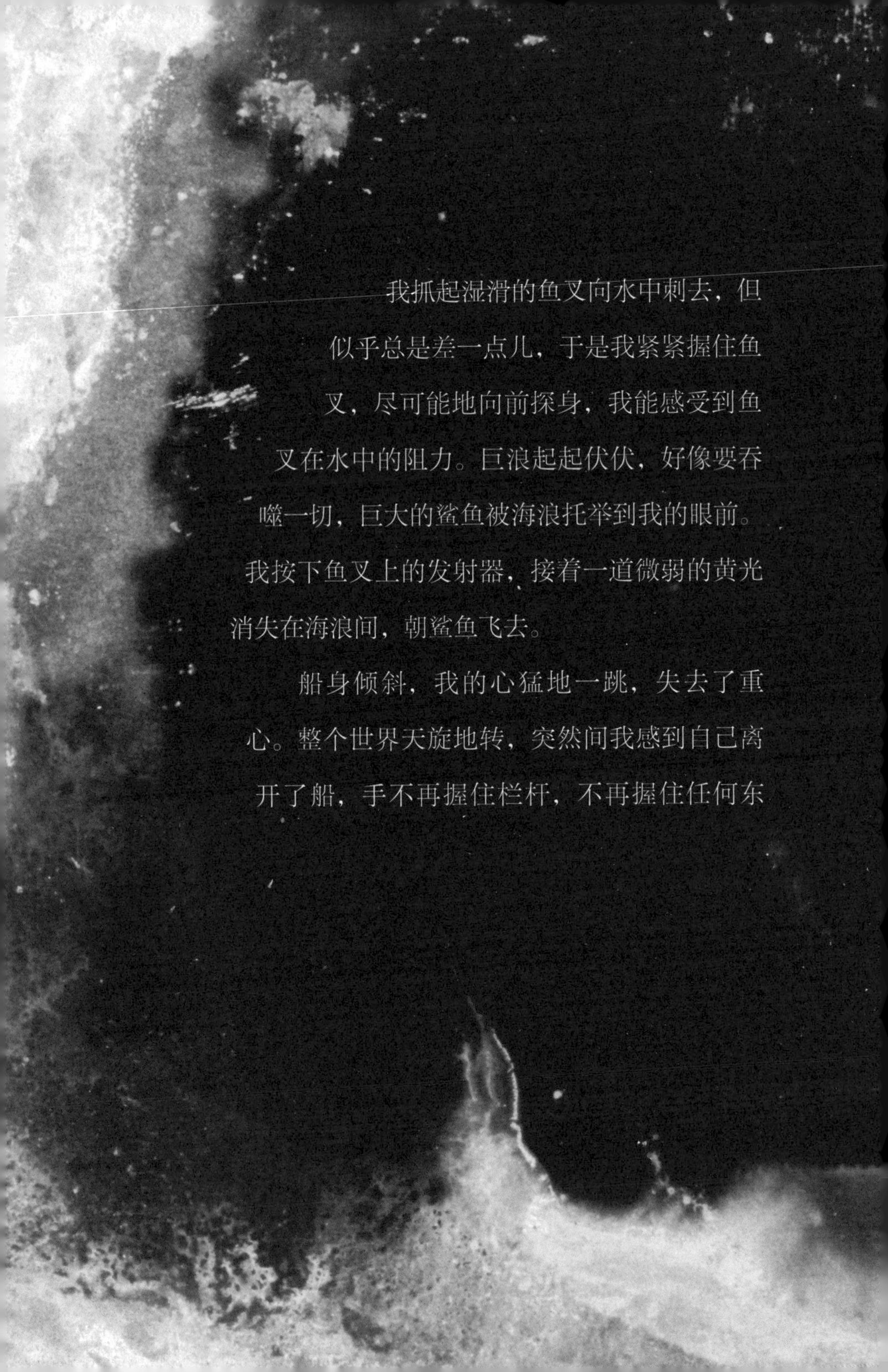

我抓起湿滑的鱼叉向水中刺去，但似乎总是差一点儿，于是我紧紧握住鱼叉，尽可能地向前探身，我能感受到鱼叉在水中的阻力。巨浪起起伏伏，好像要吞噬一切，巨大的鲨鱼被海浪托举到我的眼前。我按下鱼叉上的发射器，接着一道微弱的黄光消失在海浪间，朝鲨鱼飞去。

船身倾斜，我的心猛地一跳，失去了重心。整个世界天旋地转，突然间我感到自己离开了船，手不再握住栏杆，不再握住任何东西。有个声音告诉我深呼吸，我照做了，就在那一刻，海水像冰冷的拳头将我攥住，海浪冲走了我身体里所有的空气。

我什么都感觉不到。寒冷太过彻骨，太过强烈，几乎让人觉得温暖。太阳穴的疼痛感消失了，周围安静下来，雷声在远处低吟。我试着踢动双腿，试着抬起手臂，但妈妈的外套滑到了我的肩膀上，拽着我向下沉。外套越勒越紧，像妈妈的一个拥抱，也许只是瞬间，我感觉自己仿佛化作了一头

鲸鱼，一棵树，一只鲨鱼，时间慢了下来。

放弃挣扎是如此简单，比努力让自己浮出水面要容易得多。寒冷像云团一样沉重、潮湿、无处不在。妈妈的外套紧贴着我，吸附着我，拖着我下沉。

什么东西碰了碰我的腿。不过我的双腿已经麻木，这个触碰像是发生在很久很久以前。是水流吗，在把我拽向更深处？

我虚弱地睁开刺痛的双眼，光亮像

星星一般笼罩着整个世界。真的很冷。我的腿又被碰了一下，这次我在移动，我明确地感到自己

在向上移动，即使肺里的空气已不足以带我浮出水面，但某种直觉让我可以分辨方向。

也许只是水流，或者是我身体里流动的血液

在和冰冷的海洋搏斗。就在我的意识开始模糊时，我找到了另一个答案。

那是一种粗粝而富有生命力的生物，自莫扎特开始弹琴以来它就一直在旅行，很少被看见，以至于成了一个神话。那是一种盲视的、美丽的、令人生畏的生物，在黑暗里，在历史中，在灯塔和我的梦里缓慢地摸索着前行。那是妈妈身处黑暗

的答案，带着她走向黑夜，也能引领她走向光明。

现在，它来到这里带我走出黑暗。

接着，水中出现了光亮，真正的光，什么东西拍在水面上。一个圆圈，一片光晕，在掠过水面的光影中呈现出黑色的轮廓。

妈妈的外套重得像口袋里装满了石头，橡胶材质贴着我冻僵的皮肤。

尽管我不想松手，尽管我很想抓住外套，像抓住妈妈一样，把它拖出水面，但最终我还是让它从肩膀滑落。

我放开了它。

我划动双腿朝着光亮游去。

18

我无法肯定地告诉你，一只比树还古老的鲨鱼救了我；也不能向你证明，在冰冷的海水里是它巨大的身躯驮着我，把我推向比约恩船长和他的船等待的地方。

但是我可以告诉你，这就是我所相信的。难道这不是最重要的吗？

比约恩船长及时找到了我们。他在镇上遇见了阿德里安和钦伊，当时他们正在找我。是的，你没看错。阿德里安和钦伊一起找我。很奇怪，对吧？我觉得，这比我被鲨鱼救起来还要奇怪。

他们用钦伊的望远镜寻找我，注意到了船后留下的尾波和泡沫。比约恩船长意识到我一个人去追踪鲨鱼了，于是他便开着他的船出海找我。他向我扔了救生圈，并从船上救下了面条。

当时，我失去了意识并出现失温的症状，这意味着海水快把我冻死了。但我没有死，因为比约恩船长知道怎么处理这种情况。他把面条紧紧贴在我的胸口，以此来帮助我保持体温。船员们紧急送我回到陆地上。然后一架医疗救护飞机把我送到了医院，就是妈妈在的那一家医院。茱莉亚和鲨鱼号几乎飘到了北极，爸爸不得不支付一大笔钱把它运回来。

这些是爸爸告诉我的，他哭了很长时间之后才能开口讲话。我睡着的这段时间，他和妈妈一直陪着我。妈妈在精神科住院，她必须得到批准才能过来。精神科病房的墙壁是黄色的——就是那种伤心的母鸡下的蛋的蛋黄颜色，并且充斥着消毒水的味道，比鲨鱼还难闻，但现在，那里对她来说是最安全的地方。

她告诉我，她得的那种病叫“双相情感障碍”。茱莉亚外婆也得了这种病，这个病和南极、北极没有任何关系[1]——我查过了。就像爸爸解释的那样，她的情绪会在极度的快乐和极度的悲伤之间摇摆。这种快乐和悲伤一样危险。这就是为什么，她相信自己可以在没有任何资金和帮助的情况下找到鲨鱼。

那种极度的悲伤非常糟糕，意味着你感受不到任何的快乐，感觉做每件事都非常艰难，像是在泥泞中挣扎前行。她曾经有过一段情感发作期——当感到特别亢奋或者极度悲伤的时期——是在外婆去世后不久，当时她正怀着我。爸爸说，照片背后的“再也不要”，意思是妈妈再也不想有那样的感觉了，跟我一点儿关系也没有。不过，我仍然需要一遍遍地提醒自己，这不是我的错。

在医院第一次见到妈妈的时候，我非常累，所以很快就又睡着了，但当我醒过来时，她还在这里陪着我。她穿

[1] 双相情感障碍的英文是 Bipolar disorder，Bipolar 一词中的 polar（极地的）会让人联想到南极或北极。

了一件宽大的针织外套，唯一能看出她是病人的就是手腕上的手环，上面写着一个编号：93875400。

“我听说，”她说，“你经历了一次冒险。”

“是的，”我说，“我找到了那只格陵兰鲨。”

她把我的头发从脸上拨开，亲了亲我的额头。

“我找到了，对吧？”我想要坐起来，但妈妈温柔地安抚我躺下。“我标记了它。”

“他们追踪不到它。”爸爸温柔地说。

“但我用了鱼叉——”我急切地看向妈妈，“我看见它了！我——”

我不想告诉她鲨鱼轻轻碰了我的腿，以及我被推出水面的感觉。

“我相信你。”妈妈说。

“我找到它了。”我又说了一遍。

“我知道，”妈妈说，“你很出色，很聪明，但也很傻。茱莉亚，你应该……我们可以……”她把我拉近了一些，“你不能再做这样的事了。”

“什么样的事？”

“危险的事。比如一个人开船出海，还是在暴风雨的天气。”

“你也这么做过呀。”

我感到身旁的她绷紧了身体，爸爸紧紧盯着她。

“是的。”妈妈慢悠悠地说，“那是因为当时我生病了。现在也病着，茱。我的情绪起起伏伏，起起伏伏。”

“像海浪。”

“没错。”

我咽了咽口水，一个新的担忧，像恶作剧盒里的弹簧玩偶一样突然冒出来：“我……我会不会……”

“像我这样吗？”妈妈握紧我的手，“不会的，茱莉亚，你也遗传了很多你爸爸的特质。”我皱了皱鼻子，她笑了。

“没有两个大脑是完全相同的，但如果你感到不对劲，一定要告诉我。你不用为这个担心，茱。我们会一直守护着你的。”

以前，我会为不那么像妈妈感到失望，但是现在，我很高兴爸爸喜欢数字，喜欢确定和安稳。这样，即使我喜欢大海，我的脚下也总有一片稳固的土地。

“那是一种什么感觉？”

“你是说，当我冒着风暴出海的时候？”

我点点头。

妈妈叹了一口气。“说实话，我觉得自己所向披靡。但这很愚蠢，因为我并非如此强大。我需要更谨慎一些。然后，在情绪高峰过后，我会坠入低谷。”她握住我的手，“这样的事不会再发生了，我现在能够察觉一些情绪发作的迹象，会小心，不再让自己承受这么多。而且医生也会开一些药来帮助我。”

“你会好起来的，”我确信地说，“你可以做成任何事。”

“为了你，”妈妈说，“我能做到。”

“也为你自己，莫拉，”爸爸说，“我们需要你保持平吃水[1]。”

“就像茱莉亚和鲨鱼号。”我笑着说，“它最后怎么样

[1] 平吃水（even keel），航海术语，指船首、船尾及左右舷的吃水均相等的平衡状态。英文中“even keel”常被用来指代情绪稳定。

了？”

“你提醒我了，”爸爸咕哝着，“我得去确认下船的情况。”

他带着手机出去了，因为梅恩兰岛上有信号，他要打电话给比约恩船长。妈妈把手滑进我的掌心。

“我们打算把船送给钦伊家。他们打算把它改造成一个图书馆，就停在港口。”

“你不需要它了吗？现在我们知道鲨鱼就在附近——”

“茱莉亚，”她说，声音有些嘶哑，“我不打算继续寻找鲨鱼了。”

我吃惊地张大了嘴巴看着她：“可是，你的研究——”

“我热爱我的工作，我也很爱你。我还爱健康的感觉。目前，我必须做出选择，我选择让自己好起来。”

“这是不是说，你不再当海洋生物学家了？”

“小傻瓜。”她轻轻地戳了我一下，“我永远都是海洋生物学家，就像我永远是你的妈妈，永远爱你的爸爸和面条一样。世界上有很多不确定的事情，但我可以向你保证这些事不会改变。”

我扑向妈妈，紧紧地抱住她。我相信她，就像她相信我一样。她很快就会好起来的。

“我们回到康沃尔时，”她把脸埋进我的头发里，轻声说，“我可能还需要在医院待一段时间。”

尽管我希望她在家，想看她在厨房里跳舞，想在早晨听她讲一些傻气的笑话，但我知道如果她有其他选择，就不会这样说了。

我捏捏她的手：“没关系的。”

这时，我才明白通过寻找鲨鱼，我真正找到的是什么。

还记得在这个故事的开头，我说我失去了我的妈妈吗？其实，我的意思是，我失去了我观念里的妈妈，那个完美的、无所不能的、不会犯错的妈妈。现在，我找到了鲨鱼，更找到了真实的妈妈。她有她的复杂、挣扎和痛苦，我仍然像以前那样爱她，或许更爱她了。我提醒过你，要小心文字，它们有时故弄玄虚，声东击西。

我也说过，我曾经想变得和妈妈一样。现在，我觉得这是个错误。把所有的时间用来担心她，关心她所关心的事，也让我逐渐丢失了自己。我和妈妈不一样，这没关系。

爸爸从门外探出头来。

“你有一个访客。”

不用问我也知道是谁。

爸爸站到了一边，钦伊拖着脚步从他旁边走过来。他抿着嘴唇，眼睛透过刘海看向我。他看起来和我一样紧张，知道这一点，我心中的恐惧像鸡蛋壳一样碎了。我朝他点头，用了我最拿手的妮塔的点头方式，他的脸一下子亮起来。我知道这比喻听起来像陈词滥调，但确实是这样——他像灯塔那样发着光。

妈妈出去了，留我们两个单独相处。

那天晚上关于阿德里安的那件事好像从来没有发生过一样。钦伊告诉我他们怎么寻找我，我告诉他关于鲨鱼的事。不知不觉间一个小时就过去了。离开之前，钦伊从大衣口袋拿出一个笔记本——和我失落在大海里的黄色笔记本完全不一样，它是藏青色的，封面压印着一个金色的 J[1]。

“你可能会需要一个新的本子。”

我接过笔记本，翻开崭新的一页。我不仅会用它记录海洋生物的知识，也会记下星星、山川和森林的神话，或许还会记下一些数字——如果爸爸想让我这么做的话。但首先，我想让钦伊告诉我那些星座的名字。

我找到了罕见的鲨鱼，但它并不是妈妈一直在寻找的答案。那个答案，只能由她自己向内心深处去寻找。不需要我修复任何东西，不需要我来治愈她。

现在，我准备踏上寻找自我的旅程，寻找真正属于我的、崭新的事物。

[1] J是茱莉亚名字的首字母。

19

二月，地面因霜冻而开裂。我们从康沃尔出发，驱车八小时到格雷特纳格林，不过和钦伊相比，这简直不值一提，他父母开车把他带到这儿几乎要花上一天半的时间。尽管安斯特岛和格雷特纳格林属于同一个国家，但它们之间像是隔着一整个世界。

这次出行，时间要安排得恰到好处，我们确实做到了。我们到的时候，钦伊和他的父母正在停车场等待。连妮塔也来了，她对我微笑——这是一个真正的笑容，我仍然回应她一个帅气的点头。

暮色渐渐聚集在我们头顶的树梢上，爸爸确认我穿好毛衣和外套后才让我跑去拥抱钦伊。自从我得过失温症后，他总是让我多穿几件衣服。

大家打过招呼后，妈妈带着我们离开人群，沿着一条行人踩出的小径穿过树林，来到一座没有游人的低矮的山丘上。爸爸小声抱怨这是违规行为，妈妈只是笑笑。她又做回了自己，那个傻兮兮的、开心的、热衷工作的妈妈。不过现在她投入工作的强度不会让我们感到担心。我留意着那些曾让她迷失的汹涌海浪，她似乎重新找回了平衡。

钦伊的爸爸架起了修好的望远镜，我们坐在山丘顶俯瞰电塔，等待着。紫色、海蓝色的天空与黑色的大地交融在一起。我们等了很长时间，爸爸有点儿着急了，妈妈安抚他，提醒他保持耐心。

钦伊和我坐在稍远的地方。他告诉我漂浮图书馆很成功。“它还叫茱莉亚和鲨鱼号，只不过里面放满了书架。”

我们聊起学校，还有阿德里安的近况，以及所有重要的和不重要的事。尽管自从我回到康沃尔后，我们几乎每个周末都打电话，但这和面对面聊天不一样。重新和沙布斯、内勒、玛蒂在一起玩很自在，但她们不像钦伊那样理解我。我们是在同一频率上的鲸鱼。

“给你。”我从外套里拿出一根绳子，一根守护绳。这代表着，现在我们不仅仅是朋友，也是家人，虽然我已经回到了康沃尔。这根守护绳是我用代表大海的蓝色绳子和代表星星的银色绳子编成的，也正是大海和星星让我们走到一起。“谢谢你送我的笔记本。”

我把它系在钦伊瘦小的手腕上，我们傻兮兮地笑着。

“茱、钦伊，快看！”妈妈边指着天空边喊，手中的照相机已经准备好。

起初它看起来像是聚集在远处的一个影子，接着像一缕水一样流动的云。我说“它”，但其实有很多很多个。成群的椋鸟一起迁徙，飞回田野栖息。这是一次鸟浪，妈妈和茱莉亚外婆也一起看过。

越来越多的椋鸟加入，它们聚拢、盘旋，像鱼群一样游动。钦伊用他爸爸的望远镜看。而我想看到全貌，整个画面——鸟群穿梭飞舞像是在修补天空中看不见的空洞。

似乎鸟群是被指挥着的，为了此刻它们已经练习了

成百上千次。我知道我惊叹得大声喘气，妮塔也能听见，但我不在乎。寒冷刺痛我的耳朵，椋鸟鸣叫的声音、拍打

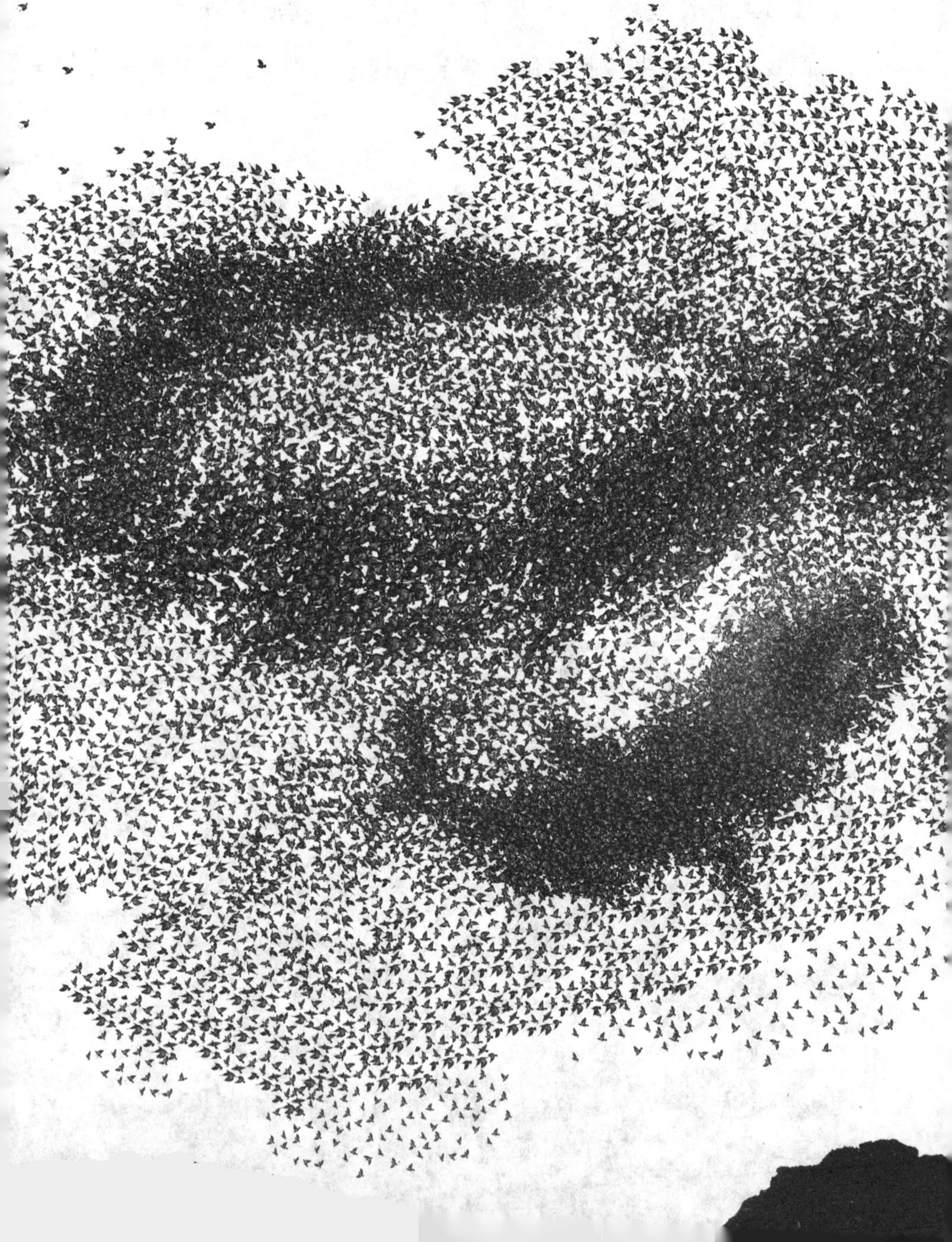

翅膀的声音震耳欲聋，像是走在风吹着树叶哗啦哗啦响的森林中，或是跳入了冰冷的海洋。

妈妈握住我的手，鸟群组成一条闪烁的银练，像海浪一样上升、回落，直到找到一个安全的着陆点。

致　谢

在我们[1]讲述的诸多故事中，这一个最能道出我们的心声，故事里也蕴含了许多他人给予我们的珍贵之物——爱、支持、信任和鼓励。

家人就是我们的北极星，这本书的创作也源于他们——我们的父母、兄弟姐妹、祖父母、侄子侄女，以及叔叔阿姨。我们要特别感谢蒂伊，茱莉亚就是以你为原型创作的；还要感谢安德烈埃，谢谢你不厌其烦地阅读我们

[1] 本书的作者基兰·米尔伍德·哈格雷夫和插画师汤姆·德·弗雷斯顿是一对夫妻。

的草稿。感谢弗雷德、埃米莉、皮帕、伊丝拉、特德、利欧和萨拜因，你们的存在每天都为我们带来灵感。

我们很幸运能够和三位杰出的编辑合作。海伦·托马斯，一开始就信任茱莉亚的故事，并促使它诞生，同时也让我们记住“每样东西都有裂痕，而这就是光照进来的地方”。萨拉·兰伯特精心地照顾我们，总是展现出关爱和善意。还有蕾切尔·韦德，是你将这本书推向世界。我们非常期待与你们一同面对未来的挑战。

事实上这个故事有三位创作者，还有一位是艾莉森·帕德利——我们的书籍设计师。你为我们的文字和图画施加了深邃而独特的魔法。你完全是个天才。

阿歇特的童书团队，与你们合作我们倍感愉悦。我们感觉自己是你们大家庭的一部分，不仅如此，我们还是你们在童书世界中所施魔法的一部分。特别感谢出色的编辑纳齐玛·阿卜杜拉希，我们卓越的宣传员埃米莉·托马斯，杰出的营销总监娜奥米·伯温，优秀的项目负责人海伦·休斯，还有阿歇特童书团队的其他成员、猎户出版公司团队以及所有参与其中的人，是你们的投入和努力让这本书得以诞生。

赫利·奥格登——永远找不到合适的词来形容你。谢谢你帮助我们度过这个新阶段，帮助我们找到安全的落脚点。谢谢你，丽贝卡·卡特，谢谢你照顾我们，还有詹洛克和内斯比特英国代理公司。谢谢哈丽雅特·穆尔，还有戴维·海厄姆公司的所有人。

感谢杰出的摄影师彼得·马利特，你让纸上艺术品转化成电子文件时效果毫无减损。感谢为汤姆的画作付出努力的工作人员：保罗·史密斯、马特·普赖斯、曼迪·福勒、弗雷亚·波克林顿、西蒙·帕尔弗里、巴勃罗·德·奥雷利亚纳、马克·琼斯和阿里·苏莱曼。

从一开始，茱莉亚就有了不起的支持者。谢谢一些我们最爱的作者和人们：凯蒂·韦伯、凯文·曾、凯特·朗德尔、克雷茜达·考埃尔、索菲·安德森、罗斯·蒙哥马利、卡特·多伊尔、安娜·詹姆斯、弗洛伦蒂娜·马丁、希拉里·麦凯、艾玛·卡罗尔和汤姆·弗莱彻。感谢你们从很早很早就开始支持这本书。

童书、青少年书籍以及成人书籍阅读社群，一直是我们和我们作品的光荣捍卫者，也是我们巨大的灵感来源。特别感谢利齐·赫胥黎－琼斯、安娜·詹姆斯、马兹·埃文斯、MG.伦纳德、露西·斯特朗格、卡特·多伊尔、贾斯宾德·比兰、西塔·布拉玛查里、詹姆斯·尼古拉斯、劳伦·詹姆斯、梅琳达·索尔兹伯里、罗宾·史蒂文斯、弗朗西斯·哈丁、马里亚姆·汗、艾莎·布什比、利兹·海德、杰西·伯顿、尼卡什·舒拉克、帕特里斯·劳伦斯、卡特·约翰逊和萨曼莎·香农。谢谢臭鼬海盗，为我们提供了一个可以畅谈写作的安全空间。

谢谢独立书店的店员们，我在这里想感谢的书店包括但不限于丽兹诺詹书店、凯尼尔沃思书店、图书之家、都是书书店和灯塔书店。感谢沃特斯顿书店、布莱克韦尔书店、福叶尔书店优秀的团队，特别是我们牛津当地的沃特斯顿分店和两家布莱克韦尔分店。没有你们的支持，我们将无所适从。

图书馆员和教师是童书社群跳动的心脏，我们非常感谢你们将故事视作能够真正改变生活的事物，并不遗余力地推广它们。我们知道全国各地的教室和图书馆里有很多像你们这样的人，致力培养孩子对阅读的兴趣，你们是我们行业中最常被忽视的英雄。特别感谢斯蒂芬·埃利奥特，感谢长久以来你在这一领域的奉献。

也要感谢出于对故事纯粹的热爱而分享它们的博客作者和评论者。特别感谢菲奥娜·诺布尔、西蒙·塞维奇、加文·赫瑟林顿、乔·克拉克和丹尼尔·巴西特。

我们深爱的黛西·约翰逊和塞尔瓦·哈辛，这样简单的语言，远不足以表达我们的心意。但我们爱你们，我们爱你们的作品，感恩生命中有你们的陪伴。不论是在快乐的日子，还是糟糕的日子，抑或是那些极度困难的日子里，你们总是陪在我们身边，谢谢你们！

感谢我们其他的朋友，你们每个人对我们来说都无比珍贵。特别感谢那些在我们创作这个故事的瓶颈期，鼓励我们的人：马特·布拉德肖、露西·艾尔顿、保罗·菲切特、劳拉·泰斯、杰斯·奥利弗和伊丽莎白·麦克尼尔。

献给我们深爱的孩子，我们非常爱你们：埃薇、罗恩和特姆。

献给在我们创作这个故事时，从笔记本电脑上走过的猫咪：卢娜、奥斯卡，当然还有面条。

感谢你，亲爱的读者。茱莉亚曾经是我们的，现在，她也属于你们。

献给我们的双胞胎——罗斯玛丽和拉文德，希望有一天你们会听到这个故事。

致我们彼此，感谢这一切。

一些特别的提示

自然界如此神奇、令人惊叹，格陵兰鲨就是其中一个特别的例子。我们相信，保护和保存大自然，无论是陆地还是海洋，对人类来说都是至关重要的，因为这会影响气候变化的进程。帮助海洋生物，并不需要你住在海边或者成为海洋生物学家，从身边力所能及的事做起即可。

茱莉亚的妈妈患有一种精神疾病，叫“双相情感障碍”。正如你读到的，如果得到正确的帮助和治疗，这种疾病比较容易控制。精神健康问题有很多种，并不是所有问题都像茱莉亚妈妈那种情况。但有时候我们感到伤心或者压抑，可能不知道如何应对。这时候，不要害怕羞耻或尴尬，敞开心扉谈论内心的感受是十分重要的，因为这是对抗它的唯一方法。我们两个——基兰和汤姆，也曾经有过这样的经历。

最重要的是得到及时和正确的帮助，而做到这一点的唯一方法，就是找一个你信任的成年人——父母，老师，学校辅导员，或者受过训练的专业人士（比如心理咨询师）。我们交谈得越多、越深入，感觉就越好。